KB096741

Special days in Australia, 2019

[제2권] 50보 100보, 50대 형제의 호주 여행; 시드니

발 행 | 2021년 01월 15일
저 자 | 스모코
펴낸이 | 한건희
펴낸곳 | 주식회사 부크크
출판사등록 | 2014.07.15.(제2014-16호)
주 소 | 서울특별시 금천구 가산디지털1로 119 SK트윈타워 A동 305호
전 화 | 1670-8316
이메일 | info@bookk.co.kr

ISBN | 979-11-372-3173-3

www.bookk.co.kr

『좌충우돌 감성 자유여행』

50보 100보,

50대 형제의 호주 여행

SYDNEY

스모코 지음

GOLD COAST
34
SURFERS PARADISE
LIFEGUARD 34

SYDNEY

50보 100보, 50대 형제의 호주 여행

버킷 리스트Bucket List

24년 묵은 숙원사업이자 버킷 리스트 중 하나는 형과 함께 호주를 여행하는 것이었다. 호주의 중심에 있는 사막을 포함하여 우리나라보다 훨씬 넓은 땅덩어리와 아름다운 풍경, 다양한 문화, 사람들을 보여주고 싶었다.

몇 년 전부터 형에게 말했다.

"형, 은퇴하면 또 다른 뭔가 하기 전에 무조건 나랑 같이 호주 한 번 가는 거야!"

어려서부터 가장 존경하던 사람이 형이기도 했고, 내 인생의 황금기 1년 동안 직접적인 도움을 준 이유이기도 했다. 예상치 않게 형이 빨리 은퇴를 하는 바람에 나 역시도 더 빨리 버킷 리스트를 지울 수 있게 되었다.

여행의 주제

여행의 주제는 'Inspiration'이었다. 처음 해외에 나가는 형이 어떤 방식으로든, 어떻게 도움이 될지 몰라도 한국에선 느낄 수 없는 '영감'을 얻을 수 있으면 좋겠다는 생각이었다.

부주제는 '즐기기'였다. 형이 55년을 살면서 직접 경험하고 느끼지 못했던 다른 나라를 이번에 여행하면서 충분히 즐겼으면 하는 마음이었다.

형이 인생의 2막을 시작하기 전에, 이런 색다른 경험을 통해 단조로웠던 인생에 악센트가 될 수 있으면 좋겠고, 뭔가 새로운 영감을 얻을 기회가 되기를 바랐다. 형이 영어 공부하는데 자극이 된다거나, 미래 해외 생활을 위한 예행연습이 되기를 바라기도 했고, 유난을 떨다시피 미세먼지에 대한 공포감도 심한 터라 호주의 깨끗한 공기와 환경을 경험해보는 것도 좋을 듯싶었다.

여행 준비

여행 일정은 9박 10일에 브리즈번, 골드코스트, 시드니 세 도시로 정했다. 우리나라 사람들에게 생소한 브리즈번을 포함한 것이 잘한 일인지 여행이 끝난 후에도 확신이 서지 않지만 내가 살던 도시를 보여주고 싶은 욕심을 버리지 못했다. 그래도 9박 10일에 세 도시는 너무 많았다.

여행 준비는 호주관광청, 브리즈번 시청과 시드니 시청에서 운영하는 웹 사이트, 투어팁스에서 발행한 여행 정보 책자를 기본으로 참고했다. 다른 때와는 다르게 여행 도서는 따로 구매를 하지 않았는데, 도서관에서 책을 아무리 봐도 내가 알고 있는 정보 이상을 담고 있는 책이 없었기 때문이었다. 오히려 내가 계획한 일정을 보다 구체화하기 위해 여러 종류의 웹 사이트를 다양하게 활용했다.

그동안 다른 나라들을 여행하며 여행 에피소드가 많지 않아 이야깃거리가 별로 없었는데 이번 여행에선 창피하리만큼 실수가 잦았다. 여행 중에 실수는 몸을 불편하게 하고 계획을 빗나가게 하며 비용을 발생시키지만, 그와 반대로 추억도 생기는 법! 서로 쿨하게 넘겨서 아무 문제가 발생하지 않았고 오히려 실수할수록 웃는 일도 늘었다.

형이랑 하는 여행

이번 여행을 통해 형이 해외여행에 대한 몇 가지 중요한 팁을 얻었다고 믿는다. 첫 번째, 해외 자유여행은 누구나 할 수 있다. 두 번째, 영어를 못 해도 여행하는데 전혀 문제가 되지 않는다. 세 번째, 영어를 못 해도 신용카드 또는 직불카드만 있으면 된다. 네 번째, 그래도 영어를 조금 더 잘하면 여행의 질이 달라질 수 있다.

부부가 아니고, 부모 자식도 아니며 연인이나 친구 사이도 아닌 50대 형제 둘이 해외여행을 하는 것에 대해, 게다가 해외를 패키지도 아니고 자유여행 하는 것에 대해 이상하다고 생각하는 사람들이 주변에 있었다.

성인이 피규어(영어로 피규어Figure라니까 좀 있어 보이지 우리말로 하면 장난감)를 모으고, 레고를 사서 조립하는 것이 더 이상 이상하게 비치지 않는 것처럼 형제든 연인이든 누가 어떤 방식으로 여행을 하든 이상하다고 생각하지 않는다. 오히려 젊을 땐 연인, 부부, 자식과 여행을 하는 것이 자연스럽지만 나이를 좀 먹으면 형제, 자매들이 부모님을 모시고 여행한다거나 그냥 형제, 자매끼리만 여행하는 것도 필요하지 않을까? 명절이나 휴가철에만 잠깐 보는 성인으로서의 형제, 자매도 좋지만, 여행 한 번 같이 다녀오는 것도 충분히 가치가 있는 일이라고 생각된다.

나이에 따라 할 일과 못 할 일을 규정하는 것이 아니라, 하고 못 하고는 개인의 열정과 의지 문제이다. 낼모레가 환갑이지만 충분히 해외 자유여행을 할 수 있고, 현지를 충분히 느끼고 즐길 수 있다는 것을 다른 사람

들과 공유하고 싶다.

여행 에세이이지만 여행 안내서로도 활용

이 글은 10일간의 여행 에세이 형태로 쓰였지만 여행 안내서로도 활용될 수 있다. 여행지에 대한 기본적인 정보뿐만 아니라 찾아가는 방법, 그곳의 특징, 개인적 느낌과 사진 등으로 구성되어 있어 목적지를 선택하거나 구체적인 정보를 희망할 때도 좋은 도움이 될 수 있다. 여행 중 맞닥뜨린 다양한 실수와 에피소드를 담고 있어 여행을 준비하는 독자에게 유용한 팁이 될 수도 있다. 이 책은 여행 안내서가 아님에도 호주 세 도시가 주는 생생한 느낌과 세세한 정보를 동시에 제공한다고 믿는다.

책은 분량상 2권으로 나누었고, 제1권은 브리즈번과 골드코스트를, 제2권에서는 시드니를 안내하는 것으로 하였으니, 브리즈번과 골드코스트에 대한 에피소드를 궁금해하는 독자에게는 제1권을 강력히 추천합니다.

판매용 서적에도 불구하고 저자와 저자 형의 사진이 책에 다수 담긴 것은 사진을 통해 호주 여행을 즐기는 여행자의 모습과 감정, 여행지의 풍경 및 감성을 생생히 독자에게 전달하고자 하는 의도입니다.

독자의 이해를 돕기 위해 기재한 각종 요금은 해마다 변동되니 참고만 하기를 바랍니다.

【 제2권 】

시드니

제1권, 목차 소개

PROLOGUE

브·리·즈·번

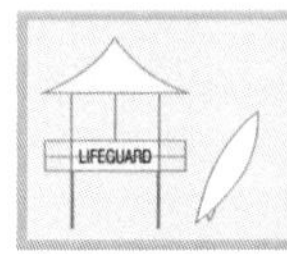

골·드·코·스·트

Darwin
Cairns
Northern
Territory
Alice Springs
Queensland
Western
Australia
South
Australia
Brisbane
Gold Coas
Byron Bay
Perth
New
South
Wales
Sydney
Adelade
Victoria
Melbourne
Tasmania

여행 전 준비

항공권 말고 또 무엇을 준비해야 할까?

항공권 예약

항공권 예약은 2018년 12월, 아시아나항공에서 마일리지로 진행을 했다. 아시아나항공은 호주 내 시드니에만 취항하므로 브리즈번에 가기 위해서는 스타얼라이언스 항공을 이용할 수밖에 없었다. 마일리지로 예약을 했는데도 유류할증료가 꽤 되어 2인 총 45만 원 정도를 추가로 결제했다. 대한항공과 마찬가지로 아시아나항공 역시 마일리지로 좌석 배정을 많이 안 해놓기 때문에 시드니에서 돌아오는 비행편을 아시아나항공에서 직접 예약을 할 수가 없었다. 이때 역시 스타얼라이언스를 통해 검색하니 좌석이 많이 있어 5,000마일을 더 주고 아시아나항공으로 예약을 할 수 있었다. 결국, 아시아나항공으로 호주 왕복 예약을 하면 1인당 70,000마일이 소요되는 데 갈 때나 올 때 모두 스타얼라이언스항공으로 예약을 하다 보니 80,000마일씩 들었다.

ETA 신청

호주 여행을 위해서는 굳이 비자를 받을 필요는 없다. 그러나 비자는 아니지만 '전자여행허가'라고 하는 ETA(Electronic Travel Authority; www.eta.homeaffairs.gov.au)를 미리 신청해서 승인을 받아 놓아야 호주로 입국이 가능하다. 모든 나라의 사람들이 이런 방식으로 호주에 입국할 수 있는 것은 아니고 한국과 브루나이, 캐나다, 미국, 홍콩, 일본, 말레이시아, 싱가폴 등 8개국만 허용이 되며 다른 나라의 사람들은 여행을 위해 관광비자를 받아야 한다. 우리나라 좋은 나라! 이럴 때 우리나라의 위상을 실감할 수 있다.

홈페이지에서 직접 신청하면 되고 영어를 조금만 이해할 수 있으면 절차는 생각보다 복잡하지 않다. 신청하고 나서 승인되는데 하루 정도 걸리고, 승인되면 신청할 때 입력해 놓은 이메일로 완료되었다는 메시지가 온다. 승인된 정보가 입국심사 시에 자동으로 전송되기 때문에 이를 따로 출력할 필요는 없다. 한 번의 최대 체류 기간은 3개월이고 최대 1년 동안

체류가 가능하다. 신청에 필요한 비용은 1인 AUD $20.00로 신용카드 (해외 결제가 가능한 신용카드)를 통해 결제한다.

숙소 예약

때로는 계획 없이 진정 자유로운 여행을 하고 싶어 아무런 예약도 없이 항공권만 가지고 여행을 하고 싶은 상상도 해본다. 하지만 시간이 아주 여유로운 여행자가 아니라면 여행이 엉망이 되거나 비싼 돈 들여 한 여행이 별로 추억도 남지 않는 또는 고생하고 돈 많이 든 여행으로만 추억될 수 있다.

특히 목적지 공항에 도착한 후 무작정 숙소에 찾아가 체크인을 하려고 한다면 더 멘붕이 올 수 있다. 현지에 도착해서 어디로 가야 할질 전혀 모르는 상태일 것이기 때문이다. 그래서 최소한 1박이라도 머물 숙소를 예약하고 떠나야 공항에서 목적지가 생기고 그다음의 일정들이 자연스럽게 흘러갈 수 있다.

숙소비용은 항공료와 마찬가지로 여행경비 중에 큰 부분을 차지하고 여행의 질을 좌우할 수 있는 중요한 요소이기 때문에 무엇보다 심혈을 기울이게 된다. 에어비앤비Airbnb, 아고다Agoda, 익스피디아Expedia, 스카이스캐너Skyscanner, 하나투어, 트립닷컴Trip.com, 호텔닷컴Hotel.com 등을 검색하며 여러 차례 비교했는데 가격은 대부분 고만고만했다.

업체마다 숙박비 차이가 별로 크지 않지만, 호주의 호텔비는 기본적으로 비쌌다. 특히 시드니는 30만 원 이상이 돼야 호텔처럼 생긴 곳에 예약을 할 수 있었다. 난 10~15만 원을 생각하고 있었는데.

결국 브리즈번과 시드니는 에어비앤비로 예약을 했고, 호텔보다는 저렴했지만 그래도 내 예상만큼 저렴한 수준은 아니었다. 브리즈번은 하룻밤에 20만 원이 넘고 시드니는 25만 원이 넘으니 말이다.

골드코스트는 에어비앤비와 호텔의 금액이 별로 차이가 없어 호텔로 예약을 했는데 15만 원이 조금 넘는 수준이었다. 하지만 브리즈번은 내가 원하는 풍경을 즐길 수 있었고 시드니에선 위치가 정말 좋아 만족했다.

투어 예약

투어 역시 다양한 사이트를 통해 예약했다. 이것 역시 여행경비를 좌지우지하는 것인 데다 투어의 질이 좋지 않으면 돈만 버리고 마음도 상할 수 있기 때문이다.

호주에서 운영하는 호주관광청www.australia.com 홈페이지와 브리즈번 주의 Visit brisbanewww.visitbrisbane.com.au, 시드니에서 운영하는 Sydney.comwww.sydney.com에 들어가 도시에서 즐길 수 있는 다양한 투어와 체험활동 등에 대한 정보를 구했다.

여행도서는 내가 알고 있는 것 이상의 정보를 주지 못했고, 궁금한 것들은 책보다 인터넷에서 더 쉽게 구할 수 있었다. 도시에 대해 잘 모를 때는 무조건 여행도서를 사서 보지만 이번에 가려고 하는 세 도시에 대한 일반적인 정보와 이미지는 이미 내 머릿속에 있기 때문에 굳이 책을 사서 볼 필요는 느끼지 못했고, 그동안 내가 몰랐던 새로운 정보와 대중교통 루트나 이용 방법, 요금 등의 최신정보는 홈페이지를 이용하면 쉽게 찾을 수 있을 뿐만 아니라 더 정확히 이해할 수 있었다.

이번 여행에선 투어 업체에 직접 예약한 경우가 대부분이었고, Klook과 KKday를 통한 예약도 한 차례씩 있었다. 더욱 저렴하고 더 많은 혜택을 주는 업체를 통해 예약하기 위해 수많은 비교를 하다가 결국 지쳐서 '아무 데나 빨리하고 끝내자!' 하는 마음도 여러 차례 있었다.

골드코스트에서의 세일링Sailing은 Must-do 중 하나였는데 예약을 다 해놓고도 시간을 놓치는 바람에 참여를 못 해 엄청 서운했다. 1인당 11만 원이나 되는 투어였는데 말이다. 가장 비쌌던 투어는 1인당 20만 원으로 골드코스트의 열기구 체험이었고, 시드니의 헬리콥터 투어도 14만 원이었다.

공항에서 숙소까지 찾아가는 방법

숙소 예약이 되었더라도 공항에서 숙소까지 가는 방법을 여행 출발 전에 머릿속으로 미리 상상해보고 어려운 부분이 떠오르면 이걸 해결해나가는 식으로 이동 방법을 선택해야 한다. 이동수단은 공항철도나 전철, 시내버스, 셔틀버스, 택시 등 대중교통이 있고 최근엔 우버Uber를 많이 이용하기도 한다.

주소만 있으면 택시로 편리하게 목적지까지 갈 수 있지만, 어느 도시나 가장 비싼 비용의 교통수단은 택시이기 때문에 우리의 선택은 아니었다. 숙소를 고를 때 이미 위치를 파악하고 있었기 때문에 우리에겐 전철이 가장 빠르고 저렴한 교통수단이어서 별로 고민할 필요가 없었다.

구글맵maps.google.com을 통해 예약한 숙소의 위치를 대충 파악하고 그 주변에 공항철도가 있는지, 셔틀버스나 시내버스가 그 주변에 가는지 등을 고려하여 대중교통을 선택하면 된다. 이를 위해 공항 홈페이지에 들어가 공항에서 도시로 들어가고 나오는 화면을 보면서 어떤 종류의 대중교통이 있는지, 이들의 장점은 무엇인지를 비교하면 되고 좀 더 자세한 정보를 원하면 해당 대중교통에서 운영하는 홈페이지에 들어가 운영 시간, 타고 내리는 장소, 금액 등을 살펴보면 된다.

대중교통 이용 방법

도시, 나라마다 대중교통 이용 방법이 모두 다르기 때문에 출발 전에 먼저 살펴보는 것이 좋다.

브리즈번은 무료 시내버스와 무료 페리가 있어 이들 구간을 이동할 때는 예산에서 교통비를 제외하면 된다. 출퇴근 시간을 제외한 Off-Peak 시간대는 할인해주며, 도시 중심부터 외곽으로 갈수록 멀어지는 거리에 따라 구역Zone을 나눠 Zone을 넘어가는 경우 교통비가 많이 올라간다. 1Zone이 $3.25로 2,500원이 넘으니 한국보다 많이 비싼 편이고 요금을 미리 알아야 전체적인 여행경비를 예상할 수 있다.

브리즈번에서 산 대중교통 카드인 고카드go card는 시내버스, 전철, 페리뿐만 아니라 공항철도인 에어트레인도 모두 이용할 수 있고, 골드코스트에서도 그대로 이용 가능하며 골드코스트에만 있는 트램까지도 이용할 수 있어 편리하다.

시드니 교통카드인 오팔카드Opal Card는 보증금이 없는 것이 특징이고, 하루 동안 아무리 많이 이용해도 $15.00 이상 청구되지 않는다. 오팔카드에 충전한 후 시내버스, 전철, 페리, 트램까지 모두 이용할 수 있다.

정확한 정보는 브리즈번시와 시드니시에서 운영하는 홈페이지(브리즈번 www.translink.com.au, 시드니 www.transportnsw. info)에서 확인할 수 있다.

와이파이기 예약 또는 심카드 금액과 사용 방법

스마트폰의 이용과 더불어 해외여행도 과거에 비해 엄청나게 쉬워졌다. 앱을 통해 항공권 구매와 숙소 예약뿐만 아니라 구글맵을 이용해 원하는 목적지를 찾고, 우버Uber나 그랩Grab을 이용해 교통편을 이용하며 통역기 또는 번역기를 통해 외국어를 몰라도 외국인과 직접 소통할 수 있는 등 여행에 필요한 대부분의 영역에서 도움을 받을 수 있다.

하지만 이런 편리함을 누리기 위해서는 데이터가 필요한데 데이터를 사용할 수 있는 방법은 여러 가지가 있다.

첫 번째 방법은 자신이 이용하고 있는 통신사에 데이터 로밍을 신청하는 것이다. 로밍은 통신사에 따라 하루 14,300원 또는 11,000원으로 비싸지만 사용하고 있는 휴대폰을 그대로 사용하면 되니까 아주 편리하다. 금액은 데이터의 속도에 따라 차이가 있다. 제일 편한 방법이지만 비용이 비싼 것이 흠이다.

두 번째는 자신의 통신사 또는 국내 와이파이기 임대업체(와이파이도시락, 플레이와이파이)로부터 기기를 임대하는 것이다. 최근 여행할 때마다 통신사 이외의 업체가 더 저렴하다고 생각하고 아예 확인해 볼 생각도 안 했는데 이제 보니 KT가 하루 7,700원으로 저렴하고 오히려 와이파이도시락이 8,800원으로 더 비싸니 어떻게 된 일이지? 이번에 이용했던 플레이와이파이는 6,600원이었지만 임대하는 장소가 엘리베이터로부터 너무 멀어 임대하러 왔다 갔다 하는 데 너무 힘이 들었다.

휴대폰 로밍을 한 후 핫스팟을 통해 다른 사람이 인터넷을 사용할 수 있도록 할 수 있지만 계속해서 배터리를 신경 써야 하는 등 불편이 따를 수 있다. 여러 사람이 같이 사용하는 경우라면 와이파이기를 사용하는 것이 편리하고 가격도 저렴하다.

세 번째, 현지에 도착해서 선불 유심칩을 사 끼워 넣은 후 현지 통화와 데이터를 자유롭게 사용하는 방법이 있다. 호주 통신사는 옵터스Optus와 보다폰Vodafone이 대표적이고 $30.00이면 28일 동안 15G를 사용할 수도 있다. 난 지금 KT 3기가 플랜을 사용하는데 매월 남아서 이월시키는 걸 생각하면 24,000원으로 한 달 동안 풍족한 데이터를 사용할 수 있는 것이다.

그리고 여행 출발 전 한국에서 선불 유심을 산 후 호주에 도착해 유심을 끼워 넣는 방법도 있다. 이것 역시 30일간 5G를 25,000원 정도로 이용할 수 있어 통신사의 로밍이나 포켓와이파이보다 훨씬 저렴한 방법이 된다.

선불 유심의 가장 큰 단점은 갖고 있던 유심을 제거하고 새로운 유심을 끼워 넣는 것이다 보니 전화번호가

바뀌는 것이라서 한국의 친지, 지인에게 새로 변경된 번호를 알려주지 않으면 절대로 한국 전화를 받을 수 없다는 것이다.

마지막 팁으로, 사용하지 않는 스마트폰이 있으면 이걸 가져가서 현지 선불 유심을 끼우고 데이터는 이걸로 사용하고 한국으로의 전화는 기존의 것을 사용하는 방법이 있다. 하지만 이것 역시 휴대폰 2개를 들고 다녀야 해서 불편함이 따르는 것은 어쩔 수 없다.

스마트폰 앱

호주 여행을 준비하면서 참고했던 앱들은 스마트폰의 앞 화면에 따로 카테고리를 만들어 한곳에 모았다. 구글맵, 아고다, 에어비앤비, 아이폰 도서, MyTransLink(브리즈번 대중교통), Opal Travel(시드니 대중교통), KKday, Klook, 날씨 등이었고, 기본적인 앱들(전화, 메시지, 카톡, 사진, 시계, 메모, 연락처) 역시 늘 그랬던 것처럼 첫 화면에 두어 여러 화면을 왔다 갔다 하지 않도록 구성을 했다.

'그러고 보니 지니톡Genie Talk과 파파고Papago는 다른 화면에 있었구나.' 별로 이용할 일이 없어서 관심에 있지 않았나 보다.

아이폰 도서의 경우, 각종 예약사항과 지도, 참고자료, 여행일정표 등을 pdf로 변환하여 집어넣고 필요할 때마다 꺼내 보니 아주 편리했다.

환전, 신용카드

환전은 별로 신경을 쓰지 않는 편이다. 이번 여행에서도 환전은 $300.00(약 240,000원)밖에 하지 않아서 환전 수수료를 따져 봤자 큰 차이가 나지 않는다. 그렇지만 많은 돈을 환전할 때 가장 좋은 방법은, 인터넷으로 환전을 신청한 후 공항에서 찾는 방법으로 이는 환전 수수료가 대부분 면제되기 때문이다. 가장 좋지 않은 방법은 공항에서 직접 환전하는 방법인데 이건 정말 될 수 있는 한 피해야 한다. 환전율이 너무 좋지 않다. 눈 뜨고 코 베이는 느낌?

신용카드는 목돈을 들고 다니지 않아서 좋다. 결제마다 수수료가 조금씩 붙어 티끌 모아 태산이 되기는 하지만 따로 환전 수수료가 없으니 그게 그거라고 생각한다. 호주 역시 우리나라처럼 신용카드 사용이 일반화되어 있어 심지어 길거리 주말시장에서도 신용카드 결제가 가능하다.

여행자보험 가입

여행자보험은 모든 보험사에서 다 취급을 하고 있으니 어떤 곳에서 가입하더라도 꼭 하고 떠나야 한다. 10일 여행에 1인당 17,000원 정도밖에 들지 않았지만, 해외여행인 데다 해외 처음인 형과 함께 하는 여행이다 보니 더 조심스럽다. 한번은 깜빡하고 보험 가입을 못 한 채 공항에서 갑자기 생각이 나서 가입하려고 했더니 3박 4일밖에 안 되는 데도 3만 원도 넘게 달라고 해서 울며 겨자 먹기로 가입을 한 적도 있다. 2~3가지의 가입플랜에 따라 금액에 약간씩 차이가 있으니 비교해보고 가입하면 된다.

여행 7일차, 3월 21일(목)

오늘은,

골드코스트에서 시드니로 이동
로얄 보태닉 가든, 오페라하우스,
서큘러키 산책, 유람선 관광
오페라하우스 야외 레스토랑에서 저녁 식사

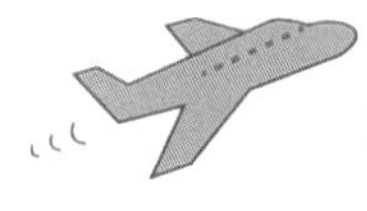

골드코스트에서 시드니는 국내선 비행기로…

트램과 버스를 타고 공항으로

아침 8:50 비행기,
국내선이지만 우리에겐 외국이니까 좀 더 일찍 공항에 도착해야겠다는 마음에 호텔을 일찍 나섰다. 6시 Cypress Ave 역에서 트램을 타고 15분 뒤, 종점인 브로드비치역Broadbeach Station에서 내렸다. 트램은 말 그대로 노면전차이기 때문에 자동차 도로 위를 달리기도 하는데 브로드비치역 플랫폼 맞은편

CYPRESS STATION, GOLD COAST

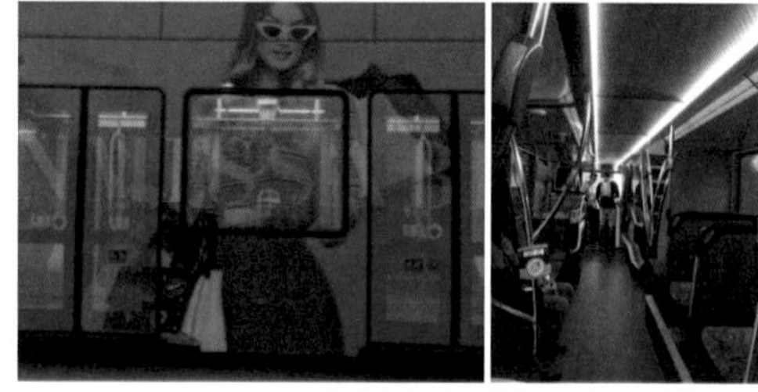

에 버스 정류장이 있어 환승하기에도 아주 편리했다.

이른 새벽이지만 생각보다 많은 사람이 트램을 이용했고, 이들 대부분은 곧바로 도착한 버스로 옮겨 타고 우리와 함께 공항으로 이동했다. 우리가 탄 버스는 777번으로 B구역에서 탔는데 도시를 벋어나 한적한 길을 달리기도 하고 해변을 왼쪽에 두고 달리기도 했다. 차창 밖으로 보이는 상가와 집들은 대부분 스테인리스로 마감된 버스만큼이나 정갈하고 잘 정돈된 느낌이었다.

6시 15분에 출발한 버스는 6시 50분이 되어 골드코스트공항에 도착했다. 공항이 종점이어서 신경 쓰일 일도 전혀 없고 사람들이 내릴 때 같이 내리면 그만이었다. 사실 이곳이 종점이 아니라도 공항 같은 곳은 놓칠 일이 없지만 말이다.

공항은 대체로 한산했다. 4차 산업혁명 시대의 모습이 인천공항뿐만 아니라 골드코스트공항에도 불어 닥치고 있었다. 보딩을 카운터에서 하지 않고 대부분 직접 할 수 있도록 기계가 많이 설치되어 있다. 카운터는 찾아보기도 어렵다. 우린 예약증을 이용해 기계에서 셀프 체크인을 하고, 이 과정에서 같이 발급된 짐표Baggage Tag를 수하물에 셀프로 붙인 후 백 드롭Bag Drop 벨트에 올려놓았다. 셀프 체크인을 하는데 여권 같은 신분증도 필요 없고 예약증도 사실 필요 없었다. 예약증에 있는 예약번호만 터치스크린에 입력하면 끝이었다.

우리 형제는 서로,

"우린 말은 못 알아들어도 글은 읽고 이해할 수 있거든! 우리도 기계가 편해! 낄낄낄"

"그래, 오래 살려면 긍정적인 마인드를 가져야지!"

우리가 이용한 항공사는 타이거항공tigerair으로 브리즈번, 시드니, 멜번을 운항하는 호주의 저비용항공사LCC이다. 2인 편도 항공료가 125.90달러로 아주 저렴했다. 하지만 저비용항공사답게 수하물 수수료와 좌석 지정료를 별도로 받아 갔다. 하하하!!!

수하물 2개 32달러, 좌석 지정료 2인 18달러. 거기에 신용카드 수수료까지 모두 합해 178.24달러를 결제했지만 그래 봤자 16만 원으로 김포-제주보다 저렴하다. 브리즈번에서 쇼핑 좀 하다 보면 짐이 늘어날 걸 예상해서 예약할 때 수하물을 추가로 결제해 놓았었다. 좌석 역시 미리 지정하지 않으면 서로 어디 앉을지 모르기 때문에 괜히 1만 원 정도밖에 안 되는 돈 때문에 스트레스를 받고 싶지 않았다.

"어이쿠, 너무 여유를 부렸어! 비행기 놓칠 뻔했네!"

탑승 수속이 순식간에 끝나버리고 보안 검색 역시 사람이 별로 없어 그런지 금세 끝나버렸다. 8시 20분부터 탑승하라고 탑승권에 인쇄가 되어 있었는데 아직 7시 15분밖에 안 됐지만 우린 벌써 탑승 구역까지 들어와 있다. 일단 탑승구역으로 들어와서 아침 식사를 할 요량이었는데 이

곳 공항이 국내선이라서 그런지 내부는 아주 소박해서 식당이나 상가가 다양하지 않았다. 그럴듯한 아침 식사를 하고 싶었는데 그런 식당은 없었다. 그저 샌드위치나 햄버거, 머핀, 커피, 주스 등을 파는 곳들이 전부였다.

우리가 탑승할 게이트는 2번 게이트로 좌측에 있었고 우린 일단 이곳을 한 번 쓰윽 둘러보고 마땅한 식당이 없자 다시 우측으로 발걸음을 내디뎠다. 끝까지 갔는데도 아침 식사로 괜찮을 만한 음식을 발견하지 못해 그냥 가까이 있는 샌드위치 가게 앞에 자리를 잡고 앉았다.

커피, 주스, 머핀, 샌드위치 등을 사서 아침 식사로 대신하며 이런저런 이야기를 하고 있는데 안내방송이 들렸다. 영어가 짧아 정확히 들은 건 아니지만 우리가 탈 TT607 비행기가 연착된다고 하고, 게이트도 변경되었으니 확인한 후 변경된 게이트로 가라고 했다. 그러고 보니 우리가 앉아있는 테이블 옆에 있는 게이트 번호가 6번, 우리가 탑승하게 될 게이트였다.

"오홀~, 이제 뭔가 착착 들어맞는 것 같은데……. 별생각 없이 아침 먹으려고 아무 데나 앉았는데 바뀐 게이트 옆에 앉았네!"

우리가 앉은 테이블은 원래 탑승하려던 게이트와 정반대되는 장소에 있었기 때문에 얻어걸린 행운에 기분이 좋아졌다.

"그럼 이제 실수는 골드코스트까지 하고, 앞으로는 계획대로만 되는 거 아니겠어?" 하면서 서로 우쭐해 했다.

아침을 아주아주 천천히 먹었는데도 8시가 안 되었다. 8시 20분부터

탑승하라던, 그리고 8시 50분 이륙 예정이던 비행기는 9시 25분으로 연착이 됐다. 할 일 없이 주야장천 카페 테이블에 앉아 9시가 되어 이제나 저제나 탑승을 기다렸는데 다시 9시 50분으로 또 지연된다. 결국, 한 시간이나 지연된 것이었는데 이 건 또다시 지연되지 않기만을 바랐다.

9시 40분 되어 주변이 웅성거리기 시작한다.

'이제 탑승하는 건가?' 하며 탑승구를 바라봤는데 우리가 탈 비행기의 6번 탑승구에 사람들이 길게 줄을 서 있고 탑승이 계속 지체되는지 좀체 움직이질 않는다. 먼저 탄다고 해서 비행기가 먼저 떠나는 것도 아니고 더 좋은 자리에 앉는 것도 아니라서 '쿨하게' 형에게 말했다.

"형, 조금 더 있다가 탈까? 아직 줄이 움직이질 않네!"

그런데 좀 이상했다. 시간은 9시 45분도 지났는데 안내판에는 우리가 탈 비행기의 시간이 계속해서 9시 50분으로 변동이 없다. 사람들이 서 있는 줄도 전혀 움직임이 없다.

'시간은 다 되었는데도 사람들이 탑승하고 있지 않은 상황이라면 탑승 지연 안내를 다시 해야 하는 것이 정상 아닌가?' 이때 별 생각 없이 의자에서 일어

나 줄의 앞쪽으로 이동해보았다.

"어이쿠!"

6번 게이트 하나만 있을 거로 생각했던 장소에 2개의 게이트가 있었다. 탑승을 기다리는 이 줄은 5번 게이트였고, 우리가 타야 할 6번 탑승구에는 사람이 한 명도 보이지 않았다. 많은 사람 때문에 잘 안 보여 착각하고 있었다.

급하게 되돌아오면서 형에게,

"형, 뛰어! 이 사람들, 이 줄이 우리 줄이 아녔어! 빨리빨리!!!"

지루하게 탑승을 기다리던 형은 난데없는 동생의 외침에 혼비백산해서 재빠르게 짐을 챙겨 같이 뛰기 시작했다. 다행히 게이트 앞의 항공사 직원은 별다른 내색 없이 티켓을 확인한 후 공항 안쪽으로 들여 보내줬다.

밖으로 나왔더니 우리가 탈 비행기가 눈앞에 보인다. 인천공항처럼 탑승 트랩이 있는 것이 아니어서 공항 아스팔트 위를 걸어 비행기에 탑승하는 환경이다. 그러고 보니 우리가 정말 꼴찌다. 우리 뒤에 따라오는 사람은 더 이상 아무도 보이지 않고 앞에 있는 사람들도 거의 탑승 직전이었다. 하지만 충분히 따라잡을 수 있는 거리여서 마음에 여유를 갖기 시작했다. 형은 아직도 놀랐는지 당황한 표정이 얼굴에 선명하다.

이래서 해외에 나가면 100% 확신이 들어도 항상 마음을 놓고 있으면 안 된다. 쓸데없다는 생각이 들어도 '돌다리도 두드리는 심정으로' 확인

에 확인을 거듭해야 옳다.

2009년 두 가족의 런던, 파리 여행 중 런던에서 파리로 넘어가는 유로라인Euroline 버스를 탈 때도 같이 간 동료가 아니었으면 버스를 타지도 못하고 이유도 모른 채 터미널에서 밤을 새웠을지도 모른다. 제시간에 버스가 오지 않아 연착되나 보다 하고 생각을 하며 터미널 내부에 있었는데 동료가 밖에서 뛰어 들어오면서,

"버스 저기 있어! 이제 막 떠나려고 해! 빨리 나가자!!!" 라고 외쳤다.

밖에 나가보니 내가 확인했던 장소가 아니라 엉뚱한 곳에 버스가 서 있었고, 선착순으로 자리에 앉는 버스 좌석제도로 인해 우리는 모두 뿔뿔이 흩어져 앉아 이동했다. 애들이 초등학교 3, 5, 6학년짜리에 두 쌍의 부부가 각각 다른 서양인들과 함께 앉아 도버해협을 건넜다. 이때를 생각하면 아직도 아찔하다.

형에게 미안한 마음이 들었다. 낼모레가 육십인데 난데없이 뜀박질하게 했으니……. 형은 괜찮다며 나를 위로했다.

"괜찮아, 분량 또 늘어났어!"

여행 후에 여행기를 쓰게 되면 실수담이 또 늘어나서 좋다고 껄껄대며 웃었다.

"호주도 비행기 연착은 어쩔 수가 없나 보네!"

타이거에어TigerAir

결제한 요금 2인 $178.24(수하물 2개, 좌석 지정 포함)
소요시간 골드코스트-시드니 1시간 10분
웹사이트 tigerair.com.au

오팔카드Opal Card?

9시 50분에 이륙한 비행기는 1시간 10분 뒤인 11시, 아니 12시에 시드니공항에 착륙했다. 시드니와 뉴 사우스 웨일즈 주NSW는 서머타임Summer Time 제도를 운용하고 있어 평소보다 1시간이 빠르게 간다.

좌석이 앞에서 두 번째 열에 있어 늦게 탔어도 빠르게 내릴 수 있었는데 말짱 다 꽝이었다. 수하물이 도무지 보이질 않는다. 심지어 하도 보이질 않아 속으로 '수하물 사고 난 건 아닐까?'라는 고민까지 할 정도였다. 수하물 컨베이어벨트 앞에서 30여 분을 기다린 후 결국 짐을 찾았다. 내 가방은 쉽게 찾았는데 형의 가방은 바로 전날 산 데다, 특별한 표시가 되지도 않았고 모양이나 색깔도 너무 흔한 것이라서 쉽게 알아채질 못했다.

시드니 국내공항T2 Domestic에서 신기한 것을 하나 발견했다. 보통 수하물을 찾은 후 일반인들은 들어올 수 없는 문을 통해 나가야 하는데 이곳은 그런 문이 아예 없다. 컨베이어벨트 위의 수하물을 비행기에서 내린 탑승객이 아니라 일반인들이 들어와 그냥 들고 가도 제지할 방법이 없을 것 같다. 물론 CCTV가 있어 이후에 범인을 잡을 수는 있겠지만 애초에 방지할 수는 없는 시스템으로 보인다. 후진국이라면 말도 안 되는 시스템이지만 호주니까 가능한 일인지도 모르겠다는 생각이 들었다.

실제로 필리핀은 마닐라든 세부든 공항에 들어가려면 항공 예약증이 있어야 한다. 심지어 보안 검색까지 하며 들어간다.

호주는 이런 사건사고가 없어 누구나 들어가도록, 그래서 사람들이 편리하도록 하는 시스템을 운영 중인가 보다.

우린 수하물을 모두 찾은 후, 지하로 내려가 지하철T8 라인을 타고 시내로 들어갔다. 시드니의 대중교통 카드 이름은 오팔카드Opal Card!

호주에서 많이 나는 보석, 오팔에서 이름을 가져온 것 같다. 퀸즐랜드주의 go card보다 디자인이 더 심플해서 카드 디자인은 더 낫다. 하지만 이것도 썩 이쁜 건 아니다.

런던의 대중교통 카드 이름은 오이스터카드Oyster Card. 10년 전의 디자인이 아직 사용되고 있다. 이걸 처음 봤을 땐 이름도 이상하고 카드 디자인도 너무 엉성하고 허전했다. 카드에 색깔이라곤 흰색, 하늘색, 청색 이렇게 세 가지 색밖에 없었으니 말이다.

'게다가 대중교통 카드 이름이 오이스터, '굴'이라구?'

하지만 시간이 지나면서 심플한 디자인이 질리지 않고 되게 끌린다. '굴'이라고 하는 oyster는 중의적인 여러 가지 뜻을 내포하고 있다고 한다.

지하철역에서 오팔카드를 사고 80달러씩 각각 충전했다. 공항 국내선역에서 출발한 지하철은 16분 만에 서큘러키역Circular Quay Station에 도착했다. 지하철은 우리나라 것과 같이 깨끗했는데 더 조용한 것 같았다. 크게 다른 점은, 여기 지하철은 2층 아니 3층으로 되어 있다는 점이다.

플랫폼에서 지하철에 일단 타고나면 그대로 있어도 되고 바로 옆의 반 하나, 1.5층으로 이동할 수 있다. 동일한 면전에 훨씬 더 많은 사람이 탑승할 수 있는 구조이고, 한국에선 볼 수 없는 구조라서 신기하다.

오팔카드는 브리즈번이나 한국과 다른 커다란 특징을 갖고 있다. 공항으로의 이동을 제외하곤 온종일 아무리 많이 대중교통을 이용해도 하루 15.80달러 이상 넘지 않는다. 이걸 데일리 캡Daily Cap이라고 부르는데 하루 동안 상한선, 즉 모자가 씌워 있어서 그 이상 금액은 빠져나가지 않는 것이다.

한국에는 아예 이런 제도가 없고, 골드 코스트와 선샤인 코스트엔 고 익스플로러go explorer라는 제도가 있다. 트램과 버스를 하루 동안 10달러로 무제한으로 이용할 수 있는 제도이다. 하지만 시드니는 오팔카드 자체에 Daily Cap이 있어 굳이 다른 카드를 따로 살 필요가 없다.

에어비앤비로 예약한 숙소는 서큘러키의 바로 뒤에 있어 지하철에서 내려 금방 이동을 할 수 있었다.

시드니 교통카드 오팔카드Opal Card

Daily Cap $15.80(공항-시내 이동 구간에선 데일리 캡이 적용되지 않음을 유의), 공항에서 $35 이상 충전Top up 해야 함
요금 비교 Train($3.54/2.47), 버스($3.66), 페리 $6.01, Light Rail (3km 이내 $2.20, 3-8km $3.66)
transportnsw.info/tickets-opal/opal#/login

SYDNEY
AUSTRALIA

이스트우드
Eastwood

맨리Ma

노스헤
North

시드니
올림픽공원

타롱가동물원
Taronga Zoo

더 갭The

하버브리지

오페라하우스

시드니

Central Station

본다이비치
Bondi Beach

브론테비치
Bronte Beach

캠시
Campsie

꾸지비치
Coogee Beach

시드니공항
Sydney Airport

헬리콥터투어
Blue Sky Helicopters

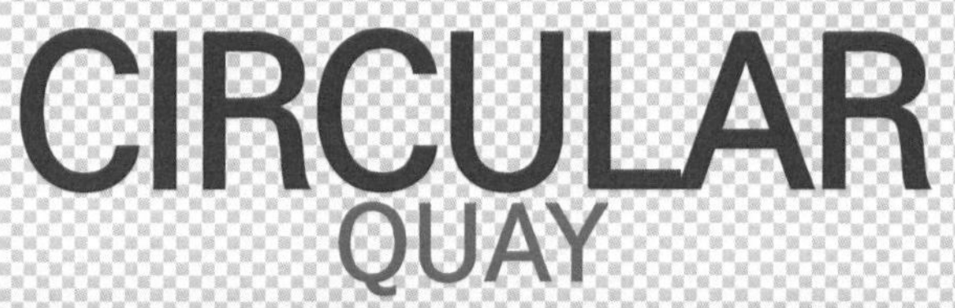
CIRCULAR
QUAY

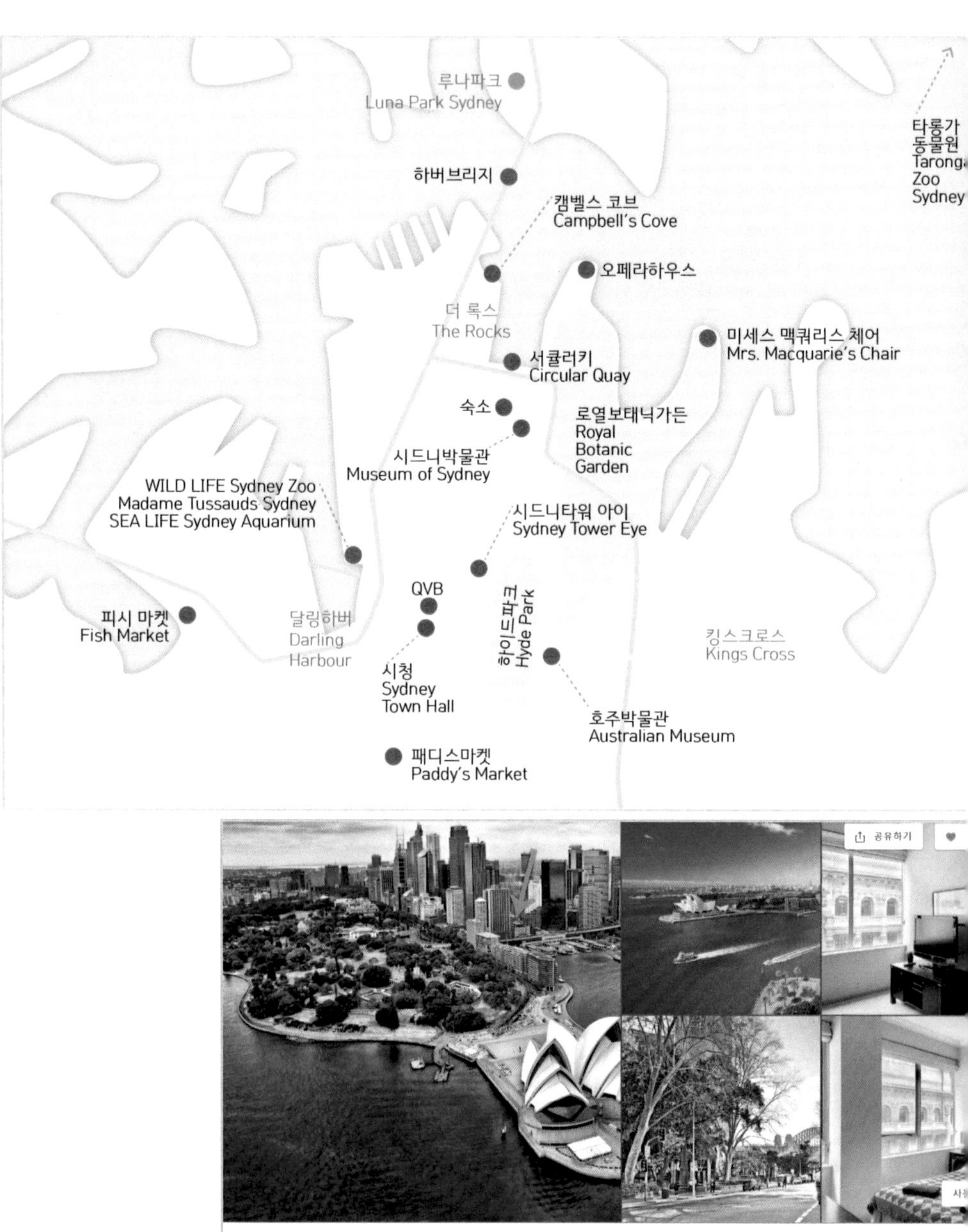
루나파크
Luna Park Sydney
타롱가 동물원
Taronga Zoo Sydney
하버브리지
캠벨스 코브
Campbell's Cove
오페라하우스
더 록스
The Rocks
미세스 맥쿼리스 체어
Mrs. Macquarie's Chair
서큘러키
Circular Quay
숙소
로열보태닉가든
Royal Botanic Garden
시드니박물관
Museum of Sydney
WILD LIFE Sydney Zoo
Madame Tussauds Sydney
SEA LIFE Sydney Aquarium
시드니타워 아이
Sydney Tower Eye
QVB
하이드파크
Hyde Park
피시 마켓
Fish Market
달링하버
Darling Harbour
킹스크로스
Kings Cross
시청
Sydney Town Hall
호주박물관
Australian Museum
패디스마켓
Paddy's Market
공유하기
In the Heart of Sydney!
Unbeatable Location!
시드니
인원 2명 침실 1개 침대 1개 욕실 1개
집 전체
아파트 전체를 단독으로 사용하시게 됩니다.
셀프 체크인
열쇠 보관함을 이용해 체크인하세요.
높은 청결도
Jeffrey
요금을 확인하려면 날짜를 입력하세요.
★4.56
날짜
체크인
체크아웃
인원
게스트 1명
날짜 입력

서큘러키 바로 뒤의 숙소, airbnb

시드니의 호텔은 너무 비싸!

숙소를 선택하는 기준은 간단하다. 주요 관광지에서 가까워야 하고, 가격이 저렴해야 하고, 완전 고급스럽지는 않더라도 너무 허접하면 안 되는 곳!

브리즈번과 골드코스트의 숙소는 선택할 수 있는 것들이 좀 있었던 반면에 시드니에서는 좀 어려웠다. 가장 중요한 것은 역시 가격이었는데 하루 15만 원 선에서 결정을 하려고 하다 보니 선택의 폭이 상당히 좁았다. 위치와 관계없이 시설이 괜찮아 보이는 대부분의 호텔은 4성급, 5성급 호텔들로 20만 원~30만 원대 금액이라 쉽게 선택을 할 수 없었다.

서큘러키 바로 옆 언덕 위, 록스The Rocks에 있는 YHA는 위치가 아주 완벽히 끝내주고, 옥상에 올라가면 하버브리지부터 서큘러키, 오페라하우스, 시내 스카이라인까지 한눈에 바라볼 수 있는 데다 6~7만 원으로 저렴하기까지 하지만 도미토리 형태이다. 나 혼자 여행을 한다면 아주 좋은 숙소가 될 수도 있지만 50대 중반의 형이랑 같이, 그것도 첫 해외여행에서 도미토리에 묵을 수는 없었다. 아주 아쉽지만 포기했다.

주요 관광지가 서큘러키 주변에 몰려 있고 다른 곳은 대중교통으로 쉽게 이동을 할 수 있어서 서큘러키 주변의 숙소를 집중적으로 찾아봤는데 마땅치가 않다. 만일 그럴듯하고 저렴한 호텔이 있다면 시내 어디라도 좋으니 예약을 하려고 했지만 시내 한복판도 절대 저렴하지 않았다.

아고다, 부킹닷컴, 익스피디아, 스카이스캐너는 기본이고 호텔 웹사이트에 직접 들어가 날짜를 입력하고 가격을 조회해보기도 했다. 결국 마땅한 숙소를 찾지 못 하고 에어비앤비에서 다시 알아보기 시작했다.

에어비앤비 역시 가격이 저렴하지 않았다. 한참을 헤대다가 마침내 서큘러키 바로 남쪽, 커스텀스하우스Customs House 뒤에 있는 건물에 집이 하나 보였다. 일단 위치적으로는 완벽하고 사진을 봐도 아파트 형태인데 그리 넓은 것 같지는 않지만 깨끗해 보였다. 게다가 거실과 더불어 방이 2개나 있다. 다른 사람과 공간을 같이 사용하는 것도 아니다. 금액은 3박에 50만 원이라서 브리즈번과 골드코스트와는 비교도 할 수 없을 정도로 비쌌지만 시드니에서 이 금액은 거저나 다름없다고 생각했다. 오히려 이런 좋은 장점들을 많이 갖고 있으면서도 이 정도 금액으로 임대한다는 것이 믿기지 않아 이용 후기 등을 꼼꼼히 살펴보며 혹시 모를 사기에 대비했다.

호텔과 달리 에어비앤비에서 사기행각을 벌이는 사람들이 많아 이곳에 예약할 때는 나만의 방법을 써서 늘 조심하는 편이다. 아무리 저렴하고 좋아 보여도 돈만 받고 튄다든지, 여행이 임박해 주인이 일방적으로 예약을 취소해 버리면 여행 일정이 꼬여버려 신경 써야 할 것들이 많아지기 때문이다.

우선 홈페이지 사진들을 살펴보는데 모든 사진이 한 집에서 나온 사진인지 체크한다. 사진의 수가 너무 적은 경우 내가 원하는 집에 대한 정보를 충분히 알 수 없어 판단이 곤란하고, 주인의 에어비앤비 활동에 대한 열의와 열정이 많지 않다고 판단하여 이런 집은 선택에서 제외한다.

둘째, 사진에서 얻을 수 있는 정보와 집 소개 글의 일치성 여부를 본다. 집 소개 글을 읽어봤는데 사진에서 본 것들을 떠올릴 수 없다면 포기한다.

셋째, 이용자의 '이용 후기'이다. 이용자는 대부분 좋게 평가하는 글을 적는다. 하지만 이용에 불편했던 내용도 조금씩 적기도 하고, 정말 마음에 들지 않았던 사람들은 사실대로 적기도 한다. 그 내용을 종합적으로 판단하여 결정한다. 그리고 내용 중 집주인이 일방적으로 예약을 취소하는 경우도 종종 있다. 이런 건이 많은 집을 예약했을 때 내가 취소를 당할 수도 있어 피하는 것이 좋다.

넷째, 이제 막 에어비앤비를 시작하여 후기가 없는 곳은 주의에 주의를 더한다. 아무래도 다른 사람들이 많이 다녀가고 이용 후기가 좋은 곳이 신뢰할 만하다.

다섯째, 여행이나 개인의 취향에 따라 집주인과 같이 써도 괜찮은지, 무조건 나 혼자 집을 통째로 다 써야 하는지를 생각해보고 예약을 한다.

사람 사는 곳은 다 비슷비슷하다. 호텔 역시 완벽하지 않다. 에어비앤비를 통해 나도 불편을 겪을 수 있다는 것을 염두에 두고 이용을 할 수밖에 없지만 대체로 무난하다고 생각한다.

셀프 체크인, 이런 방법도 짱인 듯!

시드니에서 3박을 했지만 집주인 제프리Jeffry와는 만난 적도 없다. 집에 들어가는 방법은 흡사 영화 007, 제임스 본드를 연기하는 것과 같았다.

에어비앤비로 예약을 하면 정확한 집 주소와 주인의 전화번호를 받게 되지만 그렇다고 집에 들어가는 방법까지 알려 주진 않는다. 보통 예약된 집에 가서 집주인을 만나 인사하고 집 열쇠를 받은 후 집에 대한 사용법과 주의해야 할 점 등에 대해 안내를 받는다. 하지만 집주인은 다른 곳에 살고 있고 집 전체를 빌려주는 곳에 묵는다면 집주인을 만날 수도 있고 그렇지 않을 수도 있다.

시드니의 이 집은 돈을 벌기 위해 운영하는 아파트로 보인다. 제프리는 이 집만 가진 것이 아니라 시내에 여러 개의 집을 에어비앤비에 내놓고 전문적으로 영업을 하는 사람이다. 청소는 청소부를 고용해서 시키면 되고 자기는 예약과 문의 사항에 대한 응답 등의 관리만 한다. 이러므로 바쁜 그가 직접 여행자를 만날 필요가 없다.

21일 체크인인데 19일에나 되어 제프리는 에어비앤비 메시지를 통해 연락을 해왔다. 한 달 전에 집 체크인하는 방법을 알려달라고 메시지를 보냈었는데 임박해서 다시 알려주겠다고 하고 쭉 연락이 없다가 이틀 전에야 비로소 메시지를 보내왔다.

브리즈번에서 골드코스트에 가는 에어트레인 안에서 문자를 받았는데, 집 주소부터 체크인·체크아웃하는 방법, 집에 들어가는 방법, 유의할 점, 각종 관련 사진 등 여러 건의 내용이 들어 있었다.

체크인하는 방법이 완전 신선했다. 집 맞은편 보행로에 자전거 거치대가 있고 여기에 번호키가 내장된 플라스틱 박스가 있으니 이것을 열고 숙소 키를 꺼내 현관문을 열라는 것이었다.

이 박스를 여는 번호키의 번호는 메시지로 받았고, 아파트에 들어가기 위해 건물 밖 외부에서 터치해야 하는 터치키와 아파트 현관문의 키가 박스 안에 같이 들어 있었다.

007 작전 수행하듯 우린 미션을 잘 수행해서 2개의 키를 찾았고, 건물에 들어온 후 곧장 우린 12층, 숙소로 올라갔다.

집은 꽤 넓은 거실과 마스터 룸, 작은 방, 화장실로 되어 있고 화장실에는 세탁기와 건조기도 놓여 있었다. 거주가 주목적이 아니라 영업을 하는 집이라서 그런지 실내는 무미건조했다.

골드코스트와 달리 이곳은 습도가 높지 않다. 게다가 에어컨도 있고 작동도 잘 돼서 온도와 습도로 인한 불쾌함은 생각도 나지 않는다. 주방에는 요리에 필요한 도구들이 잘 갖춰져 있어 요리하는데도 무리가 없다.

게다가 가장 좋은 건 '위치'이다. 전철과 페리가 있는 서큘러키를 3분 정도면 걸어갈 수 있고, 여기서 조금만 더 걸으면 록스, 하버브리지나 오페라하우스에도 쉽게 갈 수 있다. 하이드파크나 QVB에도 많이 걷지 않고 갈 수 있어 최적의 위치에 적정한 금액에서 묵을 수 있는 숙소를 찾았다. 사기를 당한 건 아닌가 노심초사하기도 했지만 좋은 선택이었다.

아파트가 아파트Apartment가 아니라구?

우리나라에서 불리는 아파트가 호주에선 '아파트'로 불리지 않는다. 호주에서는 아파트라는 말을 거의 들어볼 일이 없을지도 모르는데 영국에서처럼 아파트 형태의 집을 '플랫Flat'이라고 부르기 때문이다.

건물의 엘리베이터 버튼은, 1층은 그라운드 플로어Ground Floor 또는 그라운드 레벨로 표시되고, 한국의 2층이 비로소 1층으로 표기되는 것도 다른 점이다.

한국은 주로 미국식 영어와 문화에 익숙해져 있어 영국이나 호주식의 용어가 처음엔 많이 낯설지만 금세 적응할 수 있다.

로얄보태닉가든, 오페라하우스, 서큘러키 둘러보기

일단, 동네 한 바퀴

집에 들어가 가방을 놓고 곧바로 다시 나왔다. 지금 1시 20분인데 3시 30분 유람선 예약이 되어 있어 그때까지 시간이 애매한 것 같아 일단 동네 구경이나 한다고 나온 것이었다. 그런데 지금 생각해보니 시간이 별로 없었는데 너무 많은 걸 하려고 했던 것 같다. 점심도 먹어야 하고 유람선 타는 곳까지 이동도 해야 했는데 걸어서 1.6km 정도 되는 미세스맥쿼리스포인트Mrs Macquarie's Point까지 갔다 왔으니 말이다.

The Royal Botanic Garden

집에서 나와 시드니박물관 앞을 지난 다음 로얄보태닉가든The Royal Botanic Garden으로 들어갔다. 도시의 건물과 바닥에서 뿜어대는 열기가 식물원에 들어오니 더는 느껴지지 않아 더위는 한결 사라졌다. 일단 초록초록한 나무와 꽃나무, 잔디에서 보이는 싱그러운 시각적 느낌이 좋다. 하얀 뭉게구름 사이로 파란 하늘이 보이기도 하고 살짝살짝 빗방울이 떨어지기도 하지만 크게 신경 쓰이지 않는다. 평일 한낮이라 그런지 사람들도 많이 보이지 않아 한가롭고 평화로운 분위기이다.

대부분의 공원이 그렇지만 로얄보태닉가든의 경우 더 한가롭고 평화롭고 평온하게 느껴진다. 엄청나게 넓은 것도 이유 중의 하나일 테고, 잘 가꾸어진 초록의 잔디와 꽃나무, 사람보다 몇 배는 더 굵고 엄청나게 높게 자란 나무들, 공원 너머로 보이는 시드니 시내의 예쁜 건물들, 오페라하우스와 하버브리지, 그리고 바로 앞에 있는 푸른 바다가 모두 잘 조화를 이루기 때문일 것으로 생각해 본다.

로얄보태닉가든 내 Sydney Conservatorium of Music을 지나 본격

적인 식물원 관람에 들어갔고 그냥 쭉쭉 걸으며 주변의 식물들을 휘리릭 둘러봤다. 나무의 키가 엄청나게 크다 보니 햇볕을 잘 가려줘서 그늘 속에서 시원한 바람을 맞으며 걸었다. 보라색의 작은 바나나가 달린 나무도 있고, 식물을 이용하여 2m가 넘는 대형 코알라를 만들어놓은 것도 있었다. 코알라는 정말 진짜처럼 잘 만들었다.

우리는 걷는 속도를 높여 빠르게 미세스맥쿼리스포인트로 향했다. 목적지에 도착할수록 사람들이 점점 더 늘어난다. 중국인들과 한국인 관광객들이 점점 더 많아지기 시작하면서 보행하는 것에도 불편을 더 많이 느낀다.

시간은 2시, 발가락에 생긴 물집 때문에 걷는 데 불편함이 컸지만 드디어 목적지에 도착했다. 미세스맥쿼리스포인트가 유명한 이유는 여기가 시드니를 대표하는 멋진 뷰 포인트이기 때문이다. 이곳이 바닷가로 불쑥 튀어나온 끄트머리라서 바다와 시내를 모두 볼 수도 있지만 오페라하우스와 하버브리지를 동시에 감상하며 사진 속에 담을 수 있는 최적의 장소이기 때문이다.

사진 찍기 좋은 장소는 관광버스에서 내린 중국인, 한국인 관광객들로 이미 인산인해를 이루고 있다. 두꺼운 뭉게구름과 역광으로 인해 아무리 사진을 잘 찍어도 사람 얼굴은 까맣게 나오는 상태라서 사진은 별 기대를 하지 않았다. 계단을 내려가 동쪽으로 조금 걸어가니 미세스맥쿼리스췌어Mrs Macquarie's Chair가 보인다. 관광객들은 바위를 깎아 만든 의자에 앉아

돌아가며 사진을 찍는다. 우린 별다른 감흥을 느끼지 못해 눈으로만 보고 의자에 앉을 생각도, 사진을 찍을 생각도 하지 않았다.

미세스맥쿼리스체어를 보고 나서는 서둘러 집으로 발걸음을 돌렸다. 그렇다고 집에 곧바로 들어갈 건 아니었다. 왔던 길과는 다르게 북쪽의 바닷가에 난 길을 따라 남서쪽으로 가면 시드니의 상징인 오페라하우스와 만나게 된다. 유람선 시간이 가까워져 가기 때문에 돌아오는 길은 발걸음을 되도록 빨리했지만 오페라하우스 앞에서는 잠시 쉬며 사진 찍는 시간을 가졌다.

당연한 말이겠지만 12년 전에 왔을 때와 달라진 것이 없다. 오페라하우스는 여전히 웅장하고 아름답고 멋지다. 오페라하우스에서 보니 서큘러키 바로 옆에 대형 크루즈가 정박해 있다. 높이는 아파트 15층보다 높고, 수영장에 워터파크 같은 물놀이 시설도 되어 있는, 길이가 200여 미터나 되는 대형 크루즈로 눈앞에서 보니 정말 거대하고 근사했다. 하지만 크루즈 여행을 해보고 싶다는 생각은 들지 않는다. 이 크루즈는 이틀 동안 여기에 정박

해 있다가 사라지고 하루 건너뛴 다음 날 다시 또 다른 크루즈가 입항을 했다.

'이러니 시드니 경제가 잘 돌아가지!'

이곳엔 다시 올 것이라서 많은 시간을 갖지는 않고 서큘러키로 다시 발걸음을 뗐다. 서큘러키에서는 피시 모둠 2개를 샀다. 집으로 가져와 콜라와 함께 빠르게 먹고 유람선을 타러 나갔다.

발가락에 엄지손톱만한 물집이 똭!!!

브리즈번 도착한 첫날부터 발가락 하나가 신경 쓰였는데 이젠 물집이 잡히고 부풀 대로 부풀어 올라 빵빵해졌다. 아픈 것은 아니지만 공원을 계속해서 걷고 있으려니 계속해서 신경이 쓰인다. 터져 버리면 그다음엔 정말 많이 아플 것 같아 최대한 무리가 되지 않게끔 신경을 쓰며 걸으려니 많이 힘들었다.

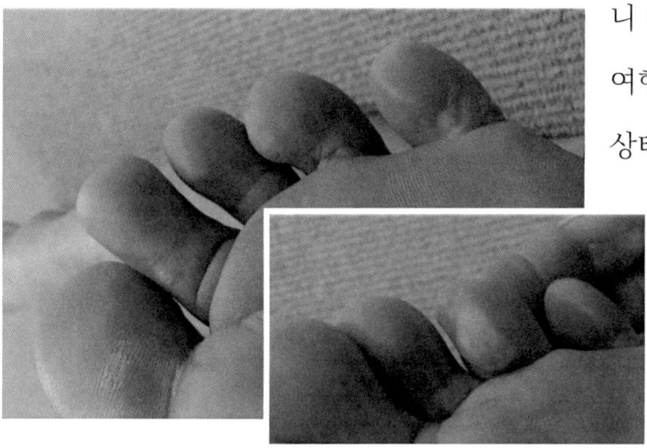

여행이 얼마 남지 않은 상태에서 급하게 트레킹화를 샀다. 그동안 신던 신발들은 발이 편했는데 이건 처음 신을

때부터 편하지가 않았다. '신다 보면 편해지겠지'라는 생각을 하며 몇 번 신어보지 않은 상태에서 호주에 갔는데 가자마자 탈이 나게 된 것이었다.

너무 오랜만에 신발을 사는 것이라서 신발 초기화 방법을 까먹었었나 보다. 원래 새 신발을 신고 여행을 가는 게 아닌데 말이다.

로얄보태닉가든The Royal Botanic Garden

1816년에 문을 열고, 각종 이벤트와 레크레이션이 열림.
무료입장
www.rbgsyd.nsw.gov.au

로얄보태닉가든 북동쪽 끄트머리에 있는 미세스맥쿼리스췌어Mrs Macquarie's Chair는 1810년~1821년까지 NSW의 주지사를 지낸 Lachlan Macquarie의 아내 이름을 딴 바위 의자.
1810년 죄수들이 사암 바위를 깎아 만들었다. 맥콰리 여사는 자주 이곳에 나와 바람 쐬는 것을 좋아했는데 이 바위 의자에 앉아 영국에서 돌아오는 남편을 기다렸다고 한다. 바위에 까맣게 새겨져 있는 글귀는 이런 내용과는 다르고, 사실 의자인지 계단인지 잘 모르겠지만 의자라고 부르니 의자처럼 보인다.

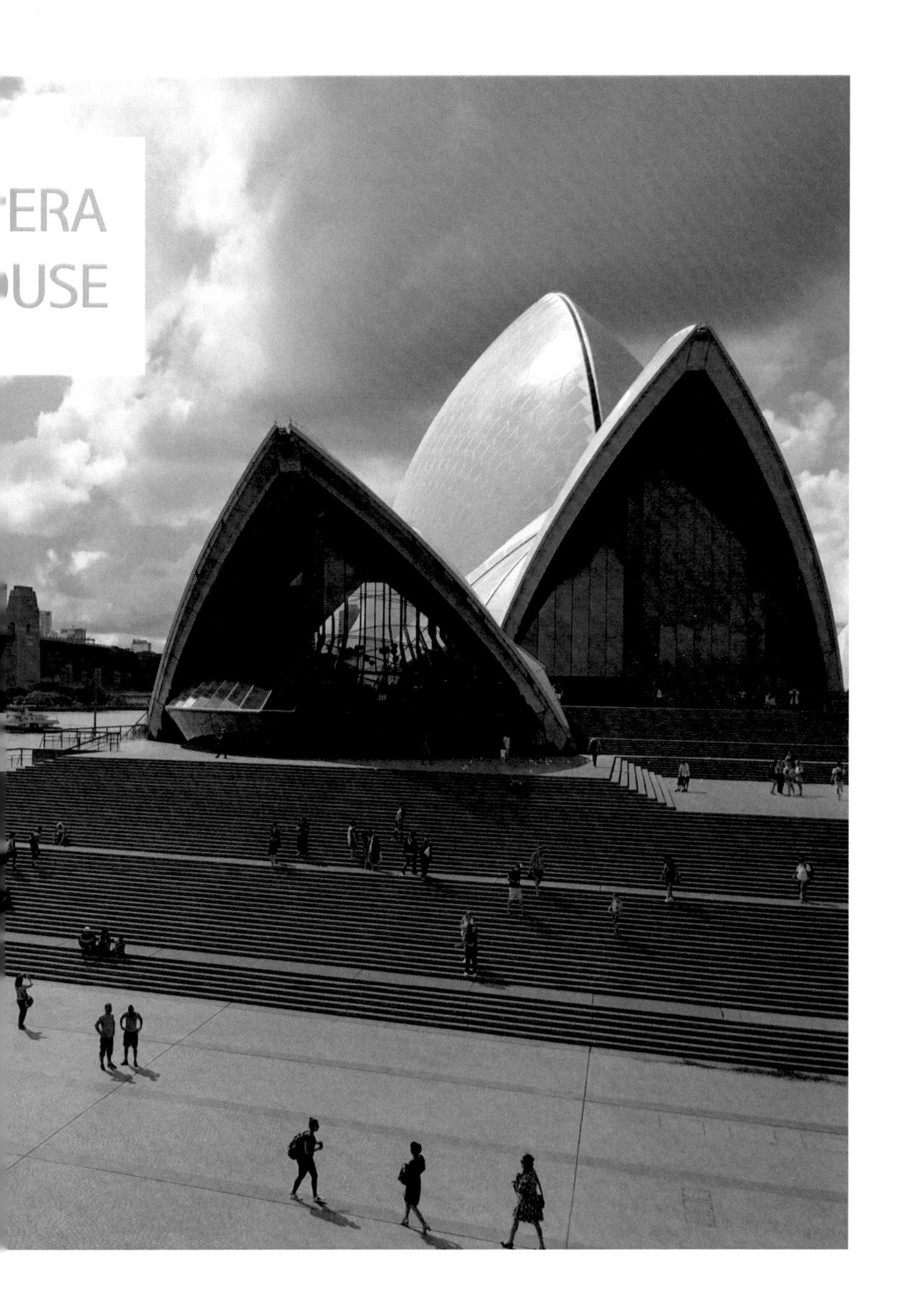
ERA
USE

1073
Champagne Sailing
Sea Scape

시드니에선 꼭 유람선을

헐레벌떡, 놓치면 안 돼!

많은 사람이 아는 사실인데 시드니는 이탈리아 나폴리, 브라질 리우데자네이루와 더불어 세계 3대 미항 중 하나이다. 그럼 의문이 생길 수 있다.

'미항美港'의 기준은 무엇일까?'

'항구에서 볼 수 있는 아름다운 바다 풍경?'이 아니고, 바다에서 항구를 봤을 때 얼마나 아름다운지가 기준이 된다고 한다. 그러니 항구에서만 항구를 볼 것이 아니라 그 기준에 맞게 바다에서 배를 타고 들어오면

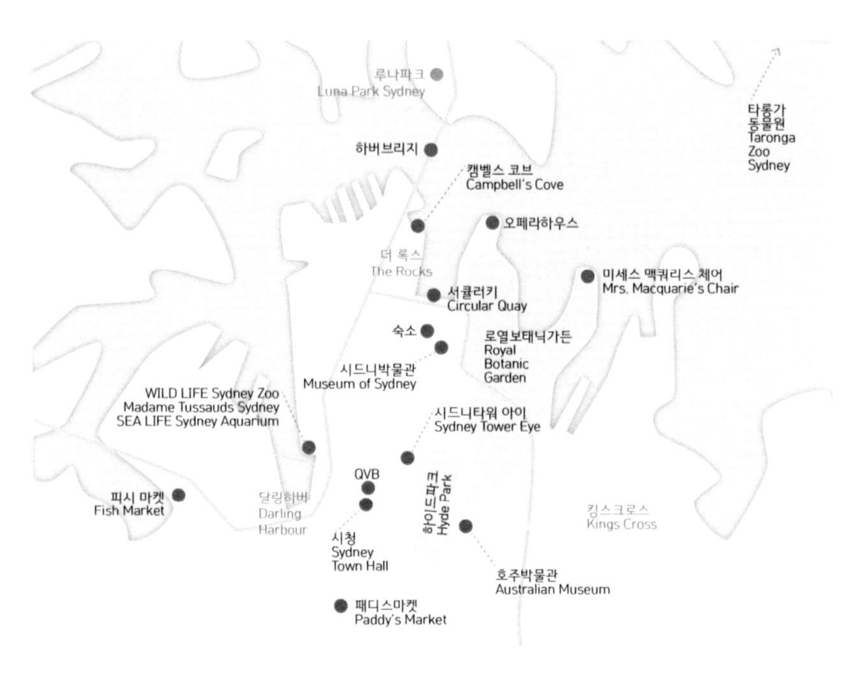

서 항구를 바라보는 경험을 해봐야 진정한 시드니 항을 감상할 수 있는 것이다.

실제로 유람선을 타 보면 시드니 시내의 고층 건물들이 한데 어우러져 만들어 내는 멋진 스카이라인을 감상할 수 있다. 오페라하우스의 뒷모습을 자연스럽게 볼 수 있을 뿐만 아니라 시내의 건물, 오페라하우스와 하버브리지, 유유히 미끄러지듯 달려가는 하얀 요트들이 빚어내는 아름다운 풍경을 감상할 수 있다. 해 질 녘에 유람선을 타는 경우 건물 뒤편으로 떨어지며 붉게 하늘을 물들이는 환상적인 석양을 경험할 수도 있는데 우리나라의 석양과는 또 다른 느낌이 있다.

동네 한 바퀴를 돌며, 서큘러키에서 사 온 피시 모듬을 점심으로 순식간에 해치운 후 유람선을 타기 위해 집을 나섰다. 배를 타는 곳은 이브스 스텝 워프Ives Step Wharf라는 곳으로 시내 쪽의 하버브리지가 시작되는 바로 밑에 있어 집에서 멀지는 않다. 이 투어의 원래 승선 장소는 캠벨스코브인데 대형 크루즈가 입항하는 경우 승선 장소가 이브스 스텝 워프로 변경된다고 한다.

투어는 3시 45분에 시작하는데 3시 30분까지 오라고 했다. 거리는 1.4km로 멀지 않지만 3시 15분에 집에서 나왔으니 걸어가기에는 아슬아슬했다. 집 앞에 나가 택시를 잡아탔다.

운전기사는 인도인이었는데 목적지를 이야기했더니 처음엔 고개를 갸우뚱하더니 얼마 지나지 않아 '이젠 알겠다.'라는 표정을 짓고 출발했다.

CRUISE SYDNEY HARBOUR
ADVENTURE
CHARTERS & GROUPS
EVENTS
GIFT CERTIFICATES
MORE INFO
CONTACT

BOOK NOW
Only in Sydney for a short time? Looking for a great and affordable way to make the most of an hour and a half on the harbour? Then this experience is for you!
Board one of our traditional tall ships Southern Swan or the impressive Soren Larsen and discover the sights and sounds of Sydney on a unique 'historic meets modern' harbour cruise.
Sail past the Sydney Opera House, Fort Denison, under the Harbour Bridge and (if conditions permit) enjoy a real sailing experience on a 1850s style tall ship.
Get involved and make the most of this interactive, unique Tall Ship Cruise. Try your hand steering or help with the sails. You'll be transported to the days gone by and be able to say you know what it's like for the sailors of yester-year.
If you'd like to heave on a rope, you can otherwise simply sit back, relax and enjoy the entertainment provided by our friendly crew.
Make sure to bring your camera, as this is an opportunity to see the best of Sydney Harbour. You will love the views of this vibrant city from the unique perspective aboard our authentic timber tall ship.
CRUISE HIGHLIGHTS
90 minute cruise around beautiful Sydney
Add a Mast Climb experience to your
AFTERNOON DISCOVERY CRUISE
의 번호 를 입력 Passengers *
성인
AU$54.00
1
소아
AU$30.00
0
가족 4명
AU$138.00
0
For Two Adults
AU$108.00
0
날짜 를 선택 *
12월 2019

27 28 29
30
시간을 선택 *
오후 4:00 - Available
금액(AUD)
AU$54.00

목적지를 정확하게 알고 있는지 약간 의심이 되었지만 한국어로 인사말도 하고 이런저런 얘기를 친절하게 말하는 바람에 살짝 방심했다. 기사가 다 왔다며 내리라고 한다. 구글 지도를 보며 계속해서 위치를 확인하고 있었는데 아직 목적지는 많이 남아 있었다.

기사는, "길이 여기에서 막혔으니 나머지는 걸어가야 해."라고 말을 했는데 바로 앞에 크루즈가 정박 중이라 실제로 길이 막혀 있는 걸 알 수 있었다.

아직 절반밖에 못 왔고 '이럴 거면 처음부터 택시를 탈 필요가 없었겠다'라는 생각을 하며 차에서 내렸다. 사기당한 느낌이 들기도 하고 야속하기도 했지만 빨리 생각을 정리했다.

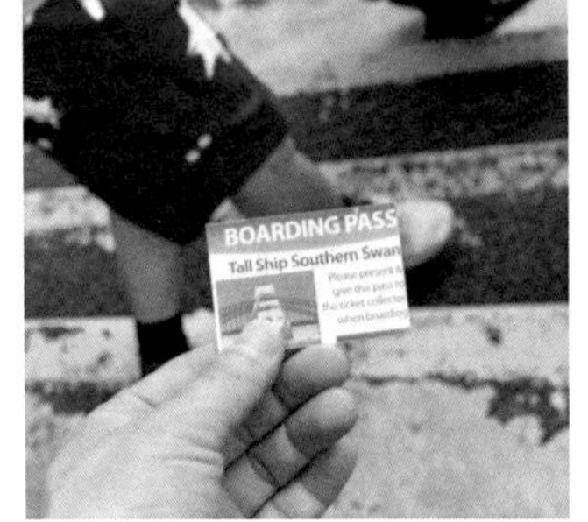

택시에서 내린 후, 빠른 걸음으로 걷다가 안 될 것 같아 뛰어가기도 했다. 바닷가 길이어서 경치가 아주 예쁘고 아름다웠지만 탑승 시간 맞추려 열심히 뛰려니 아무런 생각도 나지 않았다. 이미 브리즈번에서 세그웨이 투어를, 골드코스트에서 세일링을 날려 먹었던지라 이것까지 또 날려 먹을 수는 없었다.

택시에서 내린 시드니현대미술관Museum of Contemporary Art Australia과 유람선 정박지 사이에서 파크 하얏트호텔Park Hyatt Sydney을 지나 하버브리지 아래를 통과하여 드디어 Eves Step에 도착하니 딱 3시 30분이었다. 다행히 아직 탑승하고 있지 않아 한숨을 돌렸더니 이제서야 비로소 시드니의 아름다운 풍경이 눈에 들어왔다.

우리가 탈 배는 부두에 정박해 있었는데 예상했던 대로 돛대 세 개가 하늘 높이 삐죽 솟아 있었다. 부두 앞에는 하버브리지가 파이런전망대 Pyron Lookout에서부터 시작되고, 다리 건너에는 높지는 않지만 하얗고 빨간색으로 칠해진 예쁜 건물들이 많다. 앞바다에는 귀여운 보트나 하얀 요트들이 지나다니며 아름답고 평화로운 풍경을 연출한다. 하버브리지 너머에는 시드니, 호주의 상징 오페라하우스가 당당히 서 있다.

시드니 여행의 시작은 역시 유람선!

시드니의 유람선은 캡틴쿡 크루즈Captain Cook Cruises가 대표적이지만 이번엔 좀 특별한 상품을 선택했다. 돛이 달린 크루즈 상품을 발견한 것이다.

제목 그대로 시드니 하버 톨 쉽Sydney Harbour Tall Ship! 건조된 지 100년 정도 된 이 배는 돛이 3개로 구성된 나무배로서 일단 딱 봐도 간지가 나게 생겼다. 다 비슷비슷한, 그저 그런 배를 타는 것보다 뭔가 특별하게 생긴, 고풍스러우면서 진짜 배 같이 생긴 그런 배를 타는 것이었다.

형이 경험을 안 해본 것이 많이 있겠지만 배를 탄 경험도 많지 않을 것이라서 이런 배를 타는 것도 좋은 추억이 될 것이고, 특히 시드니에서 유람선을 타고 오페라하우스와 하버브리지, 시내를 감상하는 것은 더더군다나 멋진 추억이 될 것이었다.

가격도 비싸지 않았다. 1인당 $54.00!

대신 먹을 거나 마실 거 아무것도 없다. 그냥 배에 타는 것만이다. 여기에 음료 패키지를 선택할 수 있는데 $28.00. 우린 이걸 무시했다.

돛대Mast 위에 올라가는 옵션은 $30.00. 게다가 예약하지 않고 배에서 신청하면 $60.00.

"아, 진짜! 호주 사람들이 여행자들 돈 빼먹는 데는 선수 같아! 그래서 이 나라가 잘 사나 벼~!"

배는 그렇게 크지 않았다. 요만한 배로 대서양을 건너고 태평양과 인도양을 지날 수 있었을까 하는 의문이 들 정도로 아담했다. 100여 년 전

에 만들어진 것처럼 배는 대부분이 나무로 제작되었는데 아직도 나무가 얼마나 단단해 보이는지 손톱으로 눌러도 표시도 나지 않을 정도였다.

배의 벽은 흰색 페인트로 칠해져 있지만 바닥과 돛대는 그냥 나무 그

대로의 색을 갖고 있다. 돛은 밧줄로 고정되어 있고, 이 밧줄을 이용해 돛을 펴고 접어 배의 추진력을 얻는다. 배는 엔진을 사용하지 않으니 소음도 없고 연료가 탈 때 나는 나쁜 냄새도 없어 좋았다.

탑승자도 그다지 많지 않았다. 20여 명 정도가 다였는데 대부분 서양인이었고 인도계 한 가족이 있었고 이번엔 중국인이나 다른 아시아 사람은 보이지 않았다.

배에 탑승하고 나서 얼마 지나지 않아 선장이라고 자기소개를 한 사람은 배에 대한 히스토리부터 이용하는 데 필요한 정보에 이르기까지 한참을 말해주었는데, 음..... 뭐라는지······.

날씨가 요상스럽지만 배에 타고나서는 파란 하늘이 자주 보인다. 빗방울도 가끔 한두 방울 떨어지긴 했지만 그냥 맞아도 좋을 정도이다.

배가 출발하고 곧바로 하버브리지 아래를 넘었다. 밑에서 바라보는 하버브리지도 괜찮았다. 하버브리지를 지나자 곧바로 오른쪽에 오페라하우스와 서큘러키, 시드니 시내의 건물들이 보인다. 사람들은 모두 배의 오른쪽에 붙어 열심히 사진을 찍는다. 이따가 돌아올 때 또 볼 수 있지만 그땐 그때이고 모두 정신없이 사진을 찍는다.

오페라하우스의 입구 쪽에서 바라보는 모습과는 같은 듯 다른 모습이다. 지붕은 어디에서 보나 조개껍데기 모양이고 색깔은 하얗다. 하지만 건물 외벽은 밝은 암갈색 석재와 짙은 유리로 되어있어 단순한 형태이지만 가볍지 않고 중후하면서도 예쁘다.

오페라하우스 맞은편, 더 록스The Rocks 앞의 바다에는 바하마Bahamas 국적 로얄 캐리비안 크루즈Royal Caribbean의 거대한 유람선 Ovation of the Seas가 정박해 있는데, 유람선 그 자체도 시드니 항의 멋진 풍경에 더해져 더 완벽한 풍경이 되었다. 세계 세 번째로 큰 크루즈 클래스인 이 유람선은 348m 길이에 높이는 49m, 최대 승객 4,905명이 탑승할 수 있으니 멀리 떨어져서 봐도 '엄청나다'라는 생각이 저절로 든다.

90분짜리 이 유람선투어는 옛날에 감옥으로 쓰였던 포트 데니슨Fort Denison이 있는 섬을 지나 타롱가동물원 근처에서 되돌아왔다. 바닷가 주변에 지어진 집들은 멀리서 보여서 그런지 하나같이 예쁘다.

'저런 집에서 살면 스트레스 생길 일도 없고, 늘 힐링이 되겠는 걸!'

바다에는 다양한 유람선과 보트, 예쁜 요트들이 끊임없이 오간다. 파란 바다 위에 떠 있는 배들을 바라보는 것만으로도 충분히 아름다운 경치를 느낄 수 있다.

배가 시드니로 돌아오면서 바라보는 시드니의 경치는 언제 봐도 아름답다. 시드니라고 하면 오페라하우스와 하버브리지가 가장 먼저 떠오르지만 사실 이것들은 시드니라고 하는 전체 경치의 일부분일 뿐이다. 멀리서 보면 시드니 도심의 스카이라인이 삼각형 형태이고, 그 좌측에 로얄보태닉가든의 푸르른 공원과 우측에 오페라하우스와 하버브리지, 그 끝에 다시 밀슨즈 포인트Milson's Point로 시드니의 멋진 풍경이 이어진다. 하늘과 바다는 파란 데다 하늘엔 새하얀 구름이 밝게 빛난다.

시드니를 한눈에 바라보면서 배가 항구에 가까워지면 도심의 거대한 건물들이 클로즈업되면서 건물 하나하나의 아름다움에 또 반한다. 오페라하우스와 하버브리지가 단연 멋지고 아름답지만 그게 다가 아니라 도심의 건물들과 반대편 일반 주택들까지도 시드니의 경치에 모두 일조를 한다.

미항의 기준이 '바다에서 항구를 봤을 때'인 것처럼 반드시 배를 타고 시드니를 감상해봐야 진정한 시드니의 아름다움을 느낄 수 있다.

Travel Tip 시드니에서의 Must-do, 크루즈

캡틴쿡 크루즈Captain Cook Cruises

시드니의 대표적인 유람선 회사. 점심·저녁·칵테일 크루즈부터 럭셔리 크루즈까지, 고래 감상 크루즈도 55달러에 가능하다. 디너 크루즈는 89달러부터 시작하는데 해 질 녘에 탑승해서 멋진 석양과 시드니의 아름다운 경치를 감상할 수 있고 더군다나 스테이크가 나오는 저녁 식사가 제공되어 누구라도 좋은 추억을 만들 수 있다.
www.captaincook.com.au

시드니 하버 톨 쉽Sydney Harbour Tall Ship

1922년 덴마크에서 생산되어 곡물 수송용으로 사용되기도 했다. 캐나다 밴쿠버, 영국, 중국 등에 팔리기도 했지만 2007년 호주로 온 이후 유람선으로 사용되고 있다.
www.sydneytallships.com.au

SEAS

ASNC
ASNC

Stockland
STREET

시드니타워아이에서 시드니 야경 구경하기

시드니타워 아이Sydney Tower Eye의 진짜 이름은 뭐야?

크루즈에서 내려 시내 쪽으로 천천히 걸었다. 하버브리지 아래를 지나 캠벨스코브Campbells Cove, 대형 크루즈 앞, 시드니현대미술관Museum of Contemporary Art, 서큘러키를 차례로 지나쳐 숙소로 왔다. 이제 정해진 시간에 맞춰 어디에 가야 한다든지 뭔가를 해야 하는 일정이 없으니 마음이 완전 여유롭다.

크루즈에서 내려 하버브리지 아래에 접어드니 눈앞에 "딱" 오페라하우스의 예쁜 자태가 제대로 눈에 들어왔고, 지는 해의 석양을 받아 조가비 모양의 흰 지붕이 더욱 선명하게 빛났다. 사람들은 길에서, 잔디밭에서 사진 찍기에 여념이 없다.

바다에 바로 접한 보행로를 따라 남쪽으로 내려오며 만난 파크 하얏트 호텔Park Hyatt Sydney도 꽤 예쁘고 그 맞은편에 있는, 꽤 오래되어 보이는 붉은 벽돌의 뾰족뾰족 건물들도 잘 어울린다. 윌리엄블루대학William Blue College은 교회처럼 뾰족한 첨탑이 있는데 고풍스럽고 예쁘다. 대학 맞은편 부두에는 대형 크루즈Ovation of the Seas가 떡하니 서 있는데 가까이서 보면 훨씬 더 위압감이 느껴진다.

시드니현대미술관은 무료로 운영이 되고 그 앞에는 넓은 잔디밭이 있어 현지인이든 여행자들이든 이곳에 앉아 한가로이 서큘러키와 오페라하우스를 감상하며 여유로운 시간을 보낸다. 걷는 자체로도 재미있는 여행이 된다.

한가로이 걸으며 집에 온 다음 다시 재정비해서 밖으로 나갔다. 집에서 시드니타워 아이Sydney Tower Eye까지는 800m 정도밖에 되지 않고, 버스와 전철은 기다리는 것과 내려서 또 걸어야 하는 걸 따져보니 그거나 그게 다 비슷할 것 같았다. 택시는 너무 가까워서 괜히 욕먹을 것 같고 해서 그냥 걸었다. 어차피 걸으면서 시드니 시내를 구경하는 것도 좋은 여행 방법이기 때문이다.

시드니타워 아이의 위치는 시드니 시내 한복판이다. 퀸빅토리아빌딩Queen Victoria Building; QVB과 시청으로부터 100~200m 정도 떨어져 있고 하이드파크Hyde Park의 북서쪽 끄트머리와는 50여 미터 거리에 있다. 이 전망대가 있는 블록의 서쪽엔 남북으로 피트 스트릿 몰Pitt Street Mall이 있어 길 양쪽으로 시드니의 대표적인 쇼핑상가들이 몰려있다. 브리즈번의 퀸 스트릿 몰Queen Street Mall처럼 자동차가 다지지 않는 보행자 전용 도로라서 항상 많은 사람으로 붐빈다.

'아, 근데 물집 잡힌 발가락이 너무 아파~! 그냥 택시 탈 걸…….'

해가 떨어지기 전에 전망대에 올라가 밝을 때의 시드니와 해 질 녘의 풍경을 모두 보기 위해 서둘

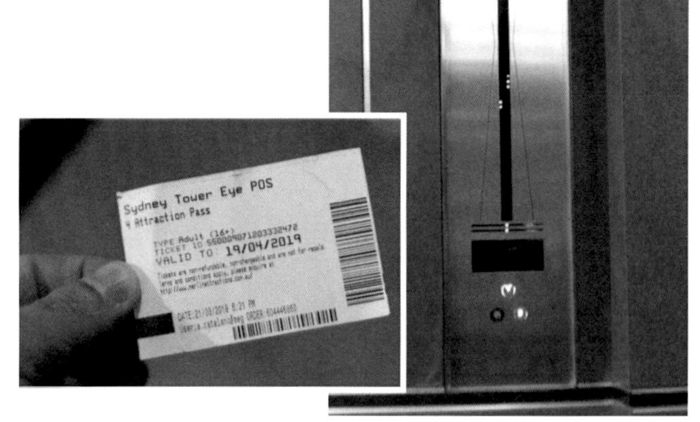

The
Sydney T
Eye
With 4D Cinem

러 걸었더니 발이 아주 아팠다. 그렇게까지 해서 6시 10분에 타워에 도착할 수 있었고 아직 해는 떨어지기 전이었다.

시드니타워 아이는 1970년 말 공사를 시작하여 1972년에 상점들이 처음으로 입주했고, 1974년에 사무공간이 완공되었으며 1981년 대중에게 공개되었다. 골드코스트에서 올라갔다 내려온 Q1(스카이포인트 전망대가 있는)이 호주에서 가장 높은 건축물이고, 멜번의 316m 건물에 이어 시드니타워는 309m로 세 번째로 높다. 참고로 롯데월드타워는 123층, 555m.

이 전망대는 다양한 이름으로 불린다. Sydney Tower, Centrepoint Tower, AMP Tower, Westfield Centrepoint Tower or Sydney Skytower.

23년 전에 왔을 때는 그냥 시드니타워Sydney Tower였다. 전망대의 빨간색 간판에는 'Westfield'가 쓰여 있다.

'12년 전에 왔을 때는 이름이 센터포인트타워였는데, 도대체 정체가 뭐냐 넌?'

소유주는 웨스트필드라고 하고, 맘 내키면 이름을 바꾸는가 보다.

드디어 건물 앞에 도착했다. 아무 생각 없이 무작정 입구를 찾아갔다. 쇼핑센터의 입구는 여러 개가 있는데 타워에 올라가는 입구는 찾지를 못하겠다. 12년 전에 왔을 때는 아무 어려움 없이 찾아 들어갔는데 이번엔 도대체 찾지를 못하겠다.

쇼핑센터의 안내판을 유심히 봐도 타워의 입구란 글자는 보이지 않고, 휴대폰으로 검색을 하고 싶어도 어떻게 해야 할지를 몰라 그냥 내키는 대로 앞으로 전진을 했다. 그래도 가다 보니 안내판이 보인다. 하하하!

시드니타워 아이의 저층부는 웨스트필드 쇼핑몰이고, 입구는 Level 5에 있었는데 가면 쉽게 찾을 수 있을 줄 알고 아무런 대책 없이 무작정 갔다가 낭패를 봤다. 형도 어찌해야 할지를 몰라 이곳도 기웃, 저곳도 기웃해보고……. 형에게 민폐를 끼쳤다.

드디어 매표소에서 한참을 기다려 티켓을 구매하고 입장을 했다. 매표소 앞에서 고민을 엄청나게 했다. 이곳 입장권만 살 것인가, 패스로 살 것인가를. 고민 끝에 4가지 장소에 입장할 수 있는 패스를 샀다.

입장권을 사고 나서 곧바로 전망대로 올라가는 것이 아니라 3D 영상물을 한 편 보고 사진을 찍고 올라가는데 영상물은 너무 허접하다. 사진 찍을 때는 사진 찍는 직원이 무서워하는 시늉을 시켜 신나게 포즈를 취해 주었다. 그런 노력이 무색하게도 관람을 끝내고 전망대에서 내려와 사진을 사려고 했을 때 직원이 우리 사진을 찾지 못해 살 수가 없었다.

전망대에 올라갔다. 전망대는 이미 많은 관광객으로 북적였지만 그렇다고 꽉 찬 정도는 아니었다. 아직 햇빛도 남아 있다.

동쪽으로는 바로 앞에 하이드파크와 성마리아대성당St Mary's Cathedral이,

멀리는 태즈먼해까지 보인다. 북쪽 가까이로는 하버브리지가 보이는데 오페라하우스는 건물들로 가려 보이지 않는다. 서쪽으로는 달링하버Darling Harbour가 바로 눈앞에 있고, 그 너머 피시마켓Fish Market이 있을 텐데 잘 보이지는 않는다. 바다가 내륙 안쪽으로 깊숙이 들어온 건지 강이 바다로 이어진 건지 잘 모르겠지만 서퍼스파라다이스처럼 여러 갈래의 물길로 인해 평화롭고 아름다운 풍경이다.

시내 곳곳에는 공원과 녹색의 나무들이 건물들과 함께 잘 어우러져 보통 도시에서 느낄 수 있는 삭막함이 별로 없고 포근한 느낌이 든다. 시내 한복판에만 고층 건물들이 있고 시내에서 조금만 벗어나도 10층 미만의 건물들이 대부분인 것도 우리나라와 다른 점이다. 건물들이 '올망졸망' 있어서 더 정감이 가고 안정감이 든다.

서쪽 하늘이 붉게 물들어 간다. 건물의 서쪽 벽이 잠시 붉은색으로 물들더니 곧바로 사라진다. 거리의 가로등과 상가의 간판이 하나둘씩 켜지기 시작하고, 자동차의 꽁무니에서 나오는 빨간색, 노란색의 미등이 거리를 붉고 환하게 물들인다. 석양이 그닥인 것을 만회라도 하듯, 아니면 늘 그랬는지 모르겠지만 전기와 자동차가 만들어내는 야경이 무척이나 아름답다. 작은 점으로 보이는 불빛들은 깜깜한 하늘의 별처럼 보인다. 사람들도 사진을 찍느라 바쁘고, 누구는 무심하듯 그냥 야경을 바라만 본다.

전망대에서 내려오기 직전에 무척이나 목이 말랐다. 물을 살까 하다가 눈앞에 아이스크림이 보이길래 아무 생각 없이 2개를 샀다.

"와, 5달러. 4,500원짜리 아이스크림을 먹는 겨!" 형과 함께 낄낄거리며 순식간에 해치웠다.

생긴 건 우리나라 500원짜리 하드처럼 생겼는데 $2.50부터 $5.00까지 있다.

'나 혼자 있으면 절대 안 사 먹을 텐데, 형이랑 같이 왔으니까 아무 생각 없이 사 먹는다!' 속으로…….

시드니타워 아이The Sydney Tower Eye

온라인 티켓 $23.20, 방문 구매 $29.00
개장시간 09:00~21:00(마지막 입장은 20:00까지)
타워 높이 309미터, 전망대에는 960명까지 수용 가능
www.sydneytowereye.com.au

Hilton

오페라하우스 야외 레스토랑에서 근사하게 저녁 식사

왼쪽엔 하버브리지, 오른쪽엔 오페라하우스

7시 40분, 시드니타워 아이Sydney Tower Eye에서 내려와 다시 걸을까 하다가 택시를 탔다. 집을 지나쳐 그대로 오페라하우스로 직행!

해가 져서 어둡긴 했지만 오페라하우스 주변엔 충분히 밝았다. 사람들도 북적이는 정도는 아니었으나 꽤 많이 보인다. 낮에 보는 풍경과 다르게 밤에 불빛 아래 보는 오페라하우스는 더 고상하고 중후하고 아름다웠다. 우리는 오페라하우스 앞 광장과 계단을 올라가서 건물 바로 앞에서도 사진을 찍었다. 배경으로 오페라하우스와 하버브리지, 시내 건물을 번갈아 가며 사진을 찍었는데 휴대폰도 카메라도 야경을 훌륭하게 찍어줬다.

점심을 부실하게 하고 밤 9시가 넘으니 배가 많이 고프다. 다른 데 가봤자 '식당 찾아 삼만리' 해야 해서 광장에서 계단을 타고 아래로 내려갔다.

레스토랑이 있는 오페라키친Opera Kitchen!

테이블은 완전 야외에 있거나 오페라하우스 광장 밑에 있는데 따로 문은 없다. 그냥 다 오픈되어 있는 형태이다. 우린 바로 바닷가 쪽 테이블에 앉았는데 습도가 너무 높아 돌로 만들어진 테이블과 플라스

틱 의자가 모두 젖어있다.

'아, 여기 정말 호주 맞아?'

일단 카운터로 가서 맥주 두 병을 사면서 메뉴판을 가져왔다. 서로 메뉴판을 공부하듯이 살펴보고 결국 돼지고기Grilled Port Cutlet를 주문했다. 우리 메뉴를 잊어버린 건 아닐까 싶을 정도로 오랫동안 기다리다 지나가는 종업원을 불러 '우리 꺼 아직 멀었어요?' 하고 물었더니 얼마 지나지 않아 가져와서 머쓱했다.

'아, 급한 한국인!'

형한테 혼났다.

야외 테이블을 많이 만들어놓고 영업을 하는데 조명은 많지 않다. 밝지도 않다. 대낮같이 밝게 생활하던 내게는 영 침침하고 답답했지만 시간이 지나면서 오히려 편해졌다. 어둡다지만 음식이 안 보일 정도는 아니고 눈이 편한 데다 시선을 다른 데 빼앗기지 않으니 음식과 대화에 집중할 수 있어 좋았다.

형은, "우리나라는 너무 밝은 거 같아. 역시 밤엔 좀 어둡게 해야 몸의 생체리듬에도 좋고, 기름도 안 나는 나라에서 전기도 절약하고 여러 가지로 좋겠네."라며 집에 돌아가면 불도 안

BREWERY
CARLO
DARK

켜고 살 기세였다.

돼지고기는 스테이크의 모양을 했다. 채소가 별로 없어서 아쉬웠지만 고기 맛은 정말 좋았다. 양념도 별것 없는 것처럼 보였지만 소고기 저리가라 할 정도로 맛이 있었고, 먹기 전에 비주얼로 먼저 맛이 있을 거란 확신을 했다.

한쪽엔 시드니 시내와 서큘러키의 아름다운 조명이, 그 옆에는 하얗고 거대한 크루즈의 매끈한 자태가, 더 오른쪽으로 가면 하버브리지의 예쁜 조명과 실루엣이, 뒤편에는 은은한 조명으로 하얗게 빛나는 오페라하우스가 있고 바로 옆에는 바닷물이 찰랑거린다.

이런 환경에서 저녁 식사를 하는데 무엇을 먹으면 맛이 없을까?

우린 천천히 고기 맛을 음미하며, 풍경을 감상하며, 가끔 맥주를 곁들이며 식사를 했다. 물론 겁나 떠들면서……. 50대 형제 둘이 여행하면서 이렇게 말이 많을까 싶을 정도로 떠들면서 식사를 했다. 다행히 주변에 사람들이 별로 없어서 눈치를 보지 않아도 되니 더 좋았다.

식당은 11시에 문을 닫는다고 해서 우린 10시 40분까지 식사를 하고 일어났다.

돼지고기는 $35.00, 병맥주 달로[Darlo]는 $13.00. 모두 합쳐 세금 포함 $96.96!

적지 않은 금액이었지만 경치 좋고 분위기 좋은 오페라하우스 레스토랑에서 기분 좋게 식사한 것을 생각하면 전혀 아깝지 않은 금액이었다.

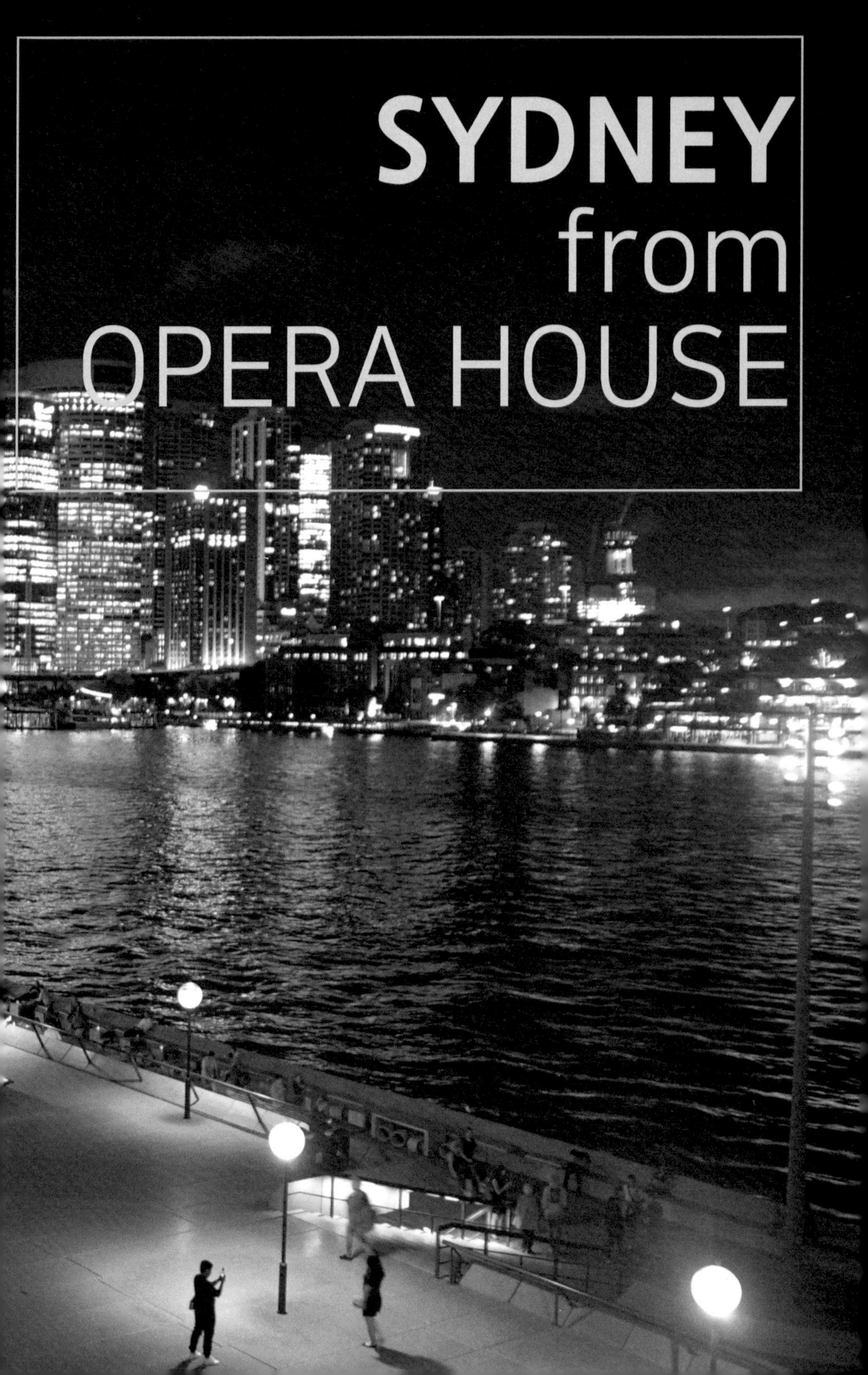
SYDNEY
from
OPERA HOUSE

여행 8일차, 3월 22일(금)

오늘은,

타롱가 동물원
피시 마켓
마담투쏘, 아쿠아리움
시청, 코리아타운

현지인처럼 아침 산책하기

자전거로 산책하기; 라임Lime

보통 여행을 하면 짧은 기간 동안 많은 곳을 돌아다니는 일정이 일반적이어서 시간에 늘 쫓긴다. 밤에 늦게 자고 아침에 늦게 일어나 부랴부랴 씻고 호텔 조식 뷔페를 다녀오거나 아침 먹을 새도 없이 준비된 관광버스에 타서 하루 일정을 시작한다.

하지만 우린 그럴 필요가 없는 자유여행이기 때문에 우리가 일어나고 싶을 때 일어나고 먹고 싶을 때 밥을 먹는다. 오랜만에 다시 시드니를 찾았으니 시드니의 아침 모습이 보고 싶다.

6시에 일어나 밖으로 나갔다. 형은 아직 자고 있고 밖은 아직 어둑어둑한데 빠른 속도로 환해지고 있었다. 산책은 서큘러키를 지나 오페라하우스에 갔다가 다시 서큘러키로 돌아온 다음 록스 아래를 지나 하버브리지까지 다녀오는 코스이다. 오페라하우스에 가서 떠오르는 태양을 등지고 사진을 찍으면 오페라하우스와 하버브리지, 시내까지도 훌륭한 사진을 얻을 수 있을 거로 생각했다.

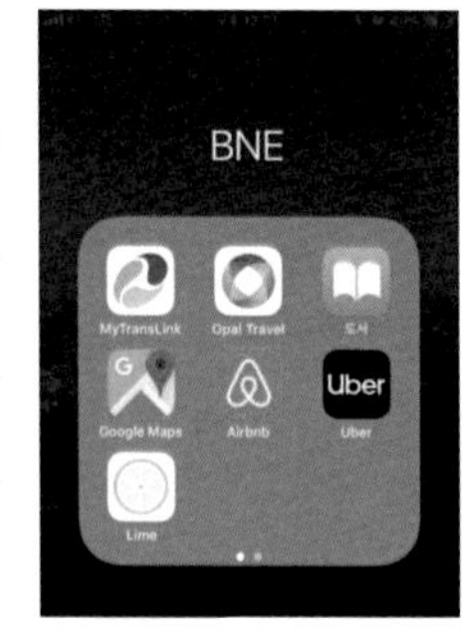

어차피 발가락의 물집 때문에 걷기는 힘들다. 브리즈번에서 수도 없이 봤던 전동 킥보드를 타면 발에도 무리가 가지 않고 빠르게 이동할 수 있어 좋을 것 같았다. 하지만 어제 시드니를 돌아다니다 보니 전동 킥보드는 전혀 보이지 않았다. 대신 브리즈번에선 별로 못 봤던 전기 자전거가 많이 눈에 띄었다. 일단 휴대폰에 앱을 깔고 연구를 하기 시작했다.

'아항! 브리즈번엔 전동 킥보드랑 자전거가 있는데 시드니는 전기 자전거만 있구만!'
'전동 킥보드 타보고 싶었는데…….' 아쉬웠다.

앱을 보니 다행히 집 바로 근처에 자전거가 몇 대 있는 것으로 보인다. 근데 자전거가 있어야 할 자리에 자전거가 보이지 않는다.

'아~씨, 처음이라고 앱이 날 깐보나?' 속으로 생각하며 더 넓은 주변을 살폈더니 공원 너머에 자전거 여러 대가 무더기로 주차되어 있다. 앱 이름이 라임Lime이라서 그런지 자전거 색깔도 밝은 초록색이라 눈에 잘 띄기도 하고 예쁘게 보인다.

헬멧이 자전거에 있는 것도 있고 없는 것도 있어 헬멧이 달린 녀석을 고른 다음, 자전거 핸들 중앙에 붙어 있는 큐알코드QR Code를 라임 앱의 카메라로 찍었다. 바퀴에 잠겨 있던 고리가 자동으로 열리고 헬멧도 그 고리에서 분리되었으니 이제 자전거 탈 준비가 되었다. 기어가 따로 있지는 않지만 전기로 동력을 얻기 때문에 힘들지는 않았다. 그저 느리적 느리적

페달을 돌려주면 자전거가 알아서 잘 달려갔다.

사진을 찍을 때는 태양의 방향이 중요하기 때문에 우선 오페라하우스로 향했다. 아직 동이 트지도 않았는데 몇몇 사람들은 산책하고 어떤 사람들은 조깅을 한다. 어제 늦은 밤에 저녁을 먹었던 오페라하우스 레스토랑 부근을 달리는 사람이 있다.

'바닷가를 달리면 또 어떤 기분일까? 저 사람들은 현지인일까, 여행객일까?' 쓸데없는 생각도 해본다.

사실 여행일정에 새벽 산책과 조깅이 있었다. 어제 시드니에 와서 제일 먼저 갔던 그 코스대로 산책이나 조깅을 하다가 힘들면 걷기도 하면서 현지인 기분도 내려고 했었다. 이 코스는 공원 속을 걷기도 하지만 바로 바닷가를 끼고 걷기도 해서 아주 특별한 느낌이 들 수 있을 거로 생각했지만 형이 많이 피곤해한다. 나 역시 발가락 물집 때문에 뛰기에는 무리가 있다.

햇볕이 오페라하우스 동쪽 지붕과 벽을 환하게 밝힌다. 밤에는 비가 왔지만 지금은 하늘이 파랗고 구름이 끼어 있긴 하지만 짙지 않고 하얀 구름이라 예쁘기까지 하다.

사람들이 더 늘었다. 조깅하는 사람들도 많이 보인다. 각자 조깅을 하는 줄 알았는데 이 사람들을 코치하는 사람이 있다. 이 코치는 가만히 서서 조깅하는 사람들이 오페라하우스의 계단을 오르내리게 하거나 건물을

둥글게 돌도록 주문을 하는 것 같다.

'그냥 혼자 뛰어도 되는데 굳이 돈 내고 조깅투어까지 해야 하나?' 하는 생각도 들었지만 각자의 몫이다.

자전거를 타고 오페라하우스의 뒤편으로 이동했다. 건물 모습이 사진으로 늘 봐 오던 것과는 많이 다른 느낌이다. 건물과 바다 사이에는 꽤 넓은 공간이 있다. 건물 가까운 곳에 파라솔이 접혀 있는 것을 보니 레스토랑이나 카페도 열리는 것 같다. 오페라하우스의 건물 벽은 콘크리트 같은데 콘크리트와는 좀 다른 느낌이다. 밝은 암갈색으로 되어 있어 동일한 색깔의 유리창과도 잘 어울린다.

이곳에서 바라보는 하버브리지의 모습은 또 다른 장관이다. 다리의 거의 중간쯤에서 바라보는 것과 같이 바로 정면에 다리의 중앙이 있는 듯하다. 이제 해가 꽤 많이 떠올라서 하버브리지에 햇빛을 비춘다.

전기 자전거 라임Lime

57분 탔는데 18.10달러가 나왔다.

1시간도 안 됐는데 15,000원 정도는 좀 비싼 감이 없잖아 있지만 그냥 자전거가 아니라 전기 자전거였으니 자전거 타기가 훨씬 편하고 수월해서 만족!

사용법은 앱과 자전거에 나와 있고, 자전거에 붙어 있는 큐알코드를 스마트폰으로 찍은 후 타면 된다.

주의사항: 호주에서는 반드시 헬멧을 착용해야 함

odafone AU
오전 12:30
20%
Opal Travel이(가) 사용자의 위치를 사용하는 중
Lime
Bradfield Park
Call on the NSW Government
Yes
The Rocks
Royal Botanic Gardens
Barang
시드니
Sydney
Hyde Park
SCAN TO RIDE
헤이마켓

pera House
Gate

bicycle riding in the Garden.
ntry to the Garden after hours.
espassers will be prosecuted.
required for commercial activities.
ank you for your cooperation.

The Royal
Botanic Garden
Sydney

다시 오페라하우스의 정면으로 간 다음 미세스맥쿼리스포인트에 가려고 했다. 하지만 로얄보태닉가든으로 넘어가는 장소에 철문이 있고 그 앞 바닥에 그려진 자전거 출입금지 그림을 보니 들어가고 싶지 않았다. 담장의 창살에도 자전거 금지 안내판이 붙여져 있다.

'우린 불법적인 것은 하지 않는 선진 국민이라서.'

아무리 오래 봐도 오페라하우스는 질리지 않는다. 이곳을 구성하는 바닥과 계단, 난간, 유리, 지붕 등은 소재도 단순하고 색깔도 단순하다. 계단과 벽면, 유리는 밝은 암갈색, 난간은 짙은 밤색, 지붕은 흰색 타일로 구성되어 있다. 이것저것 요란하게 치장을 하지도 않았고 지저분하게 현수막이나 간판으로 건물을 죽이는 일도 없다.

세계 사람들이 다 아니까 굳이 이 이상 뭔가를 첨가하지 않아도 된다고 생각할 수도 있지만 원래 호주사람들은 딱 이 정도만 하는 것 같다. 불필요하게 뭔가를 하지 않으며 단순한 것이 더 아름답고 예쁘다는 것도 알고 있는 사람들 같다.

단순해서, 색깔이 많지 않아서 더 중후하고 기품 있고 절제된 아름다움을 발산하는 것처럼 느껴진다.

자전거를 돌려 다시 서큘러키로 나와 시드니현대미술관을 지나친 다음 캠벨스코브를 지난다. 바로 앞에 정박해있는 대형 크루즈의 덩치가 어마어마하게 느껴진다. 그렇다고 크루즈를 타고 싶은 생각은 전혀 들지 않는다.

'괜히 지루하고 따분하고 노인들이나 좋아할 것 같은 느낌이 드는 건 내가 돈이 없어서일까, 춤을 못 춰서일까?'

캠벨스코브에서 바라보는 하버브리지의 모습이 아주 예쁘다. 햇빛을 받아 더 이쁘게 보이는지도 모르겠지만 단순히 다리 하나만 예뻐서는 아닐 것이다. 바다와 주변 건물들, 나무 등 모든 것들이 조화롭게 잘 어우러져 빚어진 풍경 때문일 것이다.

시간이 훌쩍 지나가고 있다. 벌써 한 시간이나 지났다. 다행히 빌린 자전거 때문에 걷지 않아도 되니 너무 편했다.

HARBOUR BRIDGE
OPERA HOUSE

The Sydney Morning Herald
INDEPENDENT. ALWAYS.

타롱가동물원에서 코알라만 보는 게 아니네~!

페리로 동물원에 가기

타롱가동물원은 시드니의 대표적인 동물원이다. 브리즈번의 론파인코알라보호구나 시드니 시외의 페더데일공물원Featherdale Wildlife Park과 달리 호주의 동물뿐만 아니라 호랑이, 코끼리, 기린, 침팬지, 미어캣, 고릴라, 곰, 사자 등 다른 대륙의 동물들도 함께 관람할 수 있다. 코알라뿐만 아니라 다양한 동물을 보고 싶다거나 한적하게 산책하듯 동물원을 걷고, 바다 너머 시드니 시내 풍경이 궁금하다면 타롱가동물원을 추천한다.

시내에서 접근성도 좋다. 오페라하우스의 바다 맞은편에 있고 버스와 페리로 이동할 수 있다. 우리 숙소가 있는 서큘러키에서 곧바로 페리를 타고 갈 수 있어 우린 페리를 이용하기로 했다. 버스를 타기 위해선 센트럴 역이나 시청, 윈야드Winyard역 등으로 가서 타야 하는데 번거롭다. 오히려 페리는 12분밖에 걸리지 않으니 순식간에 도착할 뿐만 아니라 바다에서 시드니의 경치를 감상할 수도 있어 좋다.

빵과 과일로 아침 식사를 한 후 9시 무렵 서큘러키로 향했다. 4번 선착장Wharf 4에서 타야 한다는 걸 미리 알고 갔음에도 불구하고 헷갈리는, 아니 내가 잘 못 이해할 수 있게 만든 안내판을 보고 2번 선착장으로 갔다. 선착장에 다다랐는데 여기가 아니다. 다시 안내판을 찾아 이리 갔다 저리 갔다 하는데 여긴 거 같기도 하고 저긴 거 같기도 하

고……. 영어가 좀 어려웠다. 12년 전에 10명이 왔을 때도 여기서 헷갈렸는데 또 헷갈리고 있다. 찬찬히 찾아보니 미리 일정표에 적어 놓았던 것처럼 4번 선착장이 맞았다. 이번엔 제대로 찾아가고 있는데 페리가 들어오고 있다.

어제 유람선을 타고 시드니 시내의 경치를 감상했지만 페리를 타고 바라보는 풍경도 좋다. 뭐니 뭐니 해도 $3.73밖에 들지 않아 저렴하게 동물원도 다녀올 수 있고 유람선 탄 효과도 얻을 수 있다.

아직 시간이 일러서 그런지 사람들이 많지 않다. 배에 올라탄 다음 계단을 따라 2층으로 올라갔다. 2층엔 사람이 거의 없어 우린 맨 앞자리에 앉았다. 유리창에 가로막혀 있기는 하지만 자리에 가만히 앉아서 배 전방의 풍경을 편하게 감상할 수 있게 되었다. 어떤 이들은 배의 맨 뒷부분으로 가는데 그쪽엔 문을 통해 밖으로 나갈 수가 있는 구조이다.

페리의 소음이 크지 않다. 배가 빨리 달리지도 않는다. 사람들도 거의 없으니 조용하고 쾌적하다.

'이걸 타면 되는데 굳이 유람선을 왜 타지?'

오팔카드의 트립플래너Trip Planner에는 12분 걸린다고 나와 있는데 정말 12분 걸렸다.

'어떻게 이렇게 정확하게 운행을 할 수 있는 거지?'

페리Ferry

브리즈번과 마찬가지로 시드니에도 페리가 운행된다. 게다가 시드니는 8개나 되는 노선을 갖고 있을 뿐만 아니라 훨씬 더 긴 노선을 운행하기 때문에 페리를 잘 이용하면 더 편안하고 빠르게 이동을 할 수 있다.

맨리Manly 바닷가와 타롱가동물원, 올림픽파크를 지나 가장 먼 파라마타Parramatta, 코카투섬Cockatoo Island, 더블베이Double Bay 등 시드니 만을 중심으로 일정을 짜면 좋다.

이용할 때는 전철이나 버스, 트램과 마찬가지로 오팔카드를 사용하고, 오팔트래블Opal Travel 앱을 이용하면 저렴하고 편리하다.

"시간이 됐는데 왜 문을 안 열었지?"

12분 만에 타롱가동물원 선착장에 도착했다. 선착장 앞의 도로 왼쪽 끝에 동물원의 케이블카가 보이는데 아직 운행하지 않는다. 길 오른쪽에는 언덕길인데 이곳을 올라 걸어가는 사람들이 보인다. 미리 봐 둔 지도에 따르면, 이 방향으로 조금만 걸어가면 동물원 입구가 있다. 그런데 오르막이다. 발가락에 물집이 잡혀 걷기가 힘든데 형은 벌써 저만치 앞에 가고 있다.

도로의 오른쪽은 낭떠러지이고 그 밑에는 바다가 시작된다. 바다 맞은 편으로는 달링포인트Darling Point이고 그 오른쪽 멀리에는 시내 건물들과 오페라하우스가 작게 보인다. 경치가 꽤 좋다.

5분을 걸어가니 동물원 입구에 도착했다. 9시 30분이 넘었는데 아직 개장 전이고 개미 새끼 하나 보이지 않는다.

“어, 이게 어떻게 된 일이지?”

이번 여행엔 실수가 왜 이리 잦은지 모르겠다. 티켓 판매하는 곳 옆의 벽에 안내문이 있다. 여름엔 11시부터 5시까지 문을 연다고.

우리만 황당해하는 것이 아니라 같이 걸어온 사람들도 당황해하기는 마찬가지였다. 이 사람들과 우리는 일단 입구에서 나와 계속해서 도로를 따라 언덕 위로 올라갔다. 10여 분 정도 올라가니 제대로 된 동물원 입구가 보였다. 넓은 주차장도 있고 들어가는 문도 크고 웅장하게 되어있고 장식도 해놓아서 돈 내고 들어갈 만한 느낌이 들게 시설을 해놓았다. 사람들이 많지는 않았지만 계속해서 문 안쪽으로 들어간다. 이제서야 제대로 된 입구를 찾았다.

들어가는 문의 위쪽 벽에는 Taronga Zoological Park 1916으로 적혀있는 것으로 보아 동물원이 만들어진 지 100년도 넘었다.

이 글을 적으면서 동물원 웹사이트를 들어가 보니 선착장과 가까웠던 곳은 입구가 아니라 출구였다. 출구에서도 동물원에 들어갈 수는 있지만 주 출입구와 입장 시간에 차이가 있었고 우린 이 차이를 몰랐다. 그 이유를 생각해보면, 동물원이 바닷가의 산에 자리 잡고 있는데 출구 쪽은 산 아랫부분이고 주 출입구는 산 위쪽에 있었던 것이다. 보통 사람들은 아래에서 올라가는 것보다 위에서 아래로 내려가는 것을 선호하고 그게 동물원 관람에도 편하기 때문에 양쪽을 똑같이 열지 않았던 것이다.

게다가 케이블카는 9:30부터 운행하므로 선착장 바로 옆 케이블카를 다른 사람들과 같이 조금만 더 기다렸으면 탈 수 있었을 것이다. 잘 알지도 못하면서 다른 사람들이 걸어가기 시작하니까 남들 따라가면 된다고만 생각하고 이동을 했던 것이 화근이었다. 남아서 케이블카를 기다린 사람들도 많았는데…….

생각지도 못했던 또 다른 실수

동물원 안으로 들어갔다. 입구 밖엔 사람들이 띄엄띄엄 있는데 안에는 이미 많은 사람으로 바글거렸고 매표소 앞에는 심지어 줄도 늘어서 있다. 우린 어제 시드니타워 아이에서 구입한 '4 Attraction Pass'를 갖고 있어서 입장이 간편했다. 길게 줄을 선 사람들을 한 번 씨익 훑어보고 뭔가 특별한 사람이라도 된 양 자신감 뿜뿜 내뿜으며 동물원 안쪽으로 당당히 걸어갔다. 동물원 안쪽에는 3월인데도 '새해 복 많이 받으세요.'라는 한국말과 영어, 중국어로 쓰여있는 현수막이 아직도 붙어있다. 돼지해라서 돼지 그림도 그려져 있다. 확실히 한국인과 중국인의 관광객이 호주에서 중요한 역할을 한다고 보인다.

일단 케이블카를 타고 하늘 위에서 동물원 전체를 조망해보기로 했다. 위에서 아래로 내려가면서 바다 너머 시드니 시내와 오페라하우스, 하버브리지의 풍경을 한눈에 보면 좋을 것 같았다. 그런 다음, 다시 케이블카를 타고 위로 올라와서 본격적인 동물원 관람을 시작하기로 했다.

케이블카를 타기 위해 실내로 들어갔다. 직원은 우리에게 걸어오며 내려갔다 다시 올라올 것이냐고 물었다. 내가 물어보려고 했던 말인데……. 우린 그렇다고 대답한 후 패스를 보여주는데 직원은 보려고 하지도 않고 타라고 한다.

케이블카를 타고 내려가면서 동물원 아래의 모습을 전체적으로 조망할 수 있어서 좋다. 동물원은 키가 무척 큰 나무들이 있어 울창한 숲의 느낌이 든다. 코끼리와 기린이 우리에서 어슬렁거리는 것도 보인다.

우리의 예상대로 바다 너머 시드니 시내의 스카이라인과 오페라하우스, 하버브리지도 보인다. 너무 멀리 보이고, 구름이 많아 쨍한 날씨는 아니지만 충분히 멋진 풍경이다.

케이블카가 아래쪽의 탑승장에 도착했고 우린 직원에게 그대로 올라가겠다고 이야기를 했다. 내려갈 때는 시드니 시내 쪽의 경치를 볼 수 있어 좋았는데 올라올 때는 동물원 바로 아랫부분밖에 볼 수가 없어 재미가 없다.

위로 올라온 다음 기념품점을 들러 동물원으로 들어가기 위해 계단을 따라 아래로 내려갔다. 입장권을 검사하는 곳이 없었다고 생각하던 차에 계단 끝부분에 표 검사하는 곳을 발견했다. 줄을 서서 조금 기다린 다음 우리 차례가 됐고 직원에게 당당하게 패스를 건넸다.

"이건 4 Attraction Pass야!" 하면서.

직원은 패스를 한참 살펴보며 갸우뚱하더니 이건 다른 티켓이라고 했다. '이건 뭔 시추에이션이지?'하는 마음으로 표를 돌려받아 뒷면의 깨알 같은 글씨를 읽어보았다.

"아, 그러네!

아쿠아리움SEA LIFE Sydney Aquarium, 와일드라이프동물원WILD LIFE Sydney Zoo, 시드니타워 아이Sydney Tower Eye, 마담투쏘와 트리탑Madame Tussauds Sydney and Illawarra

Fly Treetop Walk 다섯 개 중의 4개를 선택하는 거였어! 타롱가동물원은 없네!"

'아~ 씨! 이런 실수를 하다니~! 내가 너무 내가 생각하고 싶은 대로 생각을 했구나!' 하는 생각이 들었다.

형은, "그럴 수도 있지 뭐. 책 쓰는데 또 분량이 늘고 있어~~!" 하면서 대수롭지 않게 이야기했다. 발가락에 물집이 잡혀 걷기가 불편했지만 다시 계단을 올라가 표를 사서 내려왔다.

사건의 전말은, 우린 표도 갖고 있지 않으면서 케이블카를 탔다. 사실 케이블카는 입장료에 포함되어 있는데 우린 표도 없이, 편도도 아니고 왕복을 타기까지 했다. 몰랐으니 용감했던 거지, 만일 알았다면 일부러는 그렇게 못했을 것이다.

시드니만 짧게 다녀가는 관광객이라면 꽤 괜찮은 선택, 타롱가동물원

아프리카 사바나를 재현하는 공간을 만들기 위해 여기저기 공사가 진행되고 있어 좀 산만했지만 전체적으로 짜임새 있고 정돈된 느낌의 동물원이었다. 입구가 산의 위쪽에 위치하고 아래로 내려가면서 동물원을 구경한 다음 밖으로 나갔다가 케이블카를 타고 다시 올라오든가 페리를 타고 시내로 나가는 구조로 되어있는데 관람객의 동선을 그렇게 설계한 것도 재미있다. 동물원의 입장권으로 케이블카에 편도로 탑승할 수도 있어 편리하다.

단순히 언덕 아래로 내려가면서 하나씩 구경하면 될 거라고 예상했는데 갈라지는 길이 너무 많았다. 동물원에서만 많은 시간을 보내기가 아까워 대표적인 동물들 위주로 관람하기로 했지만 길을 찾기가 어려워서 그냥 발길 닿는 대로 내려갔다.

코알라는 사람들로부터 멀리 떨어져 있는 데다 몇 마리 되지도 않는 것 같았고 그마저 깨어 있는 녀석들은 찾아보기도 힘들 정도였다. 다행히 브리즈번에서 충분히 봤기 때문에 그렇게 아쉬운 생각은 들지 않았다. 다른 동물보다 미어캣Meerkat이 귀여웠고, 기린의 키가 생각보다 엄청나게 커서 놀랍고 경이롭기까지 했다. 그러고 보니 기린을 봤던 적이 있었는지 기억이 잘 나지 않는다.

미어캣 우리 벽 앞에 벤치가 있고 벽에는 미어캣 그림이 붙여져 있다. 미어캣 그림이 선글라스를 쓴 형과 닮았다는 생각이 들어 사진을 찍자고 하고 찍었는데 형과 그림 속의 미어캣이 형제 같다.

시드니에 관광 오는 많은 사람이 시드니만 들렀다 돌아오든가 뉴질랜드로 가기 때문에 코알라를 보려면 이곳을 많이 찾는다고 한다. 정말 시간이 별로 없는 사람들은 달링하버의 와일드라이프동물원이라도 들러 코알라를 봐야겠지만 어느 정도 시간 여유가 있다면 실내로 한정된 와일드라이프동물원보다는 이곳 타롱가동물원을 강력히 추천한다. 동물원 같은 동물원인 데다 100년도 넘는 역사가 있기도 하고, 이곳에서 시드니 시내의 풍경을 한눈에 감상할 수도 있어 좋다.

아침에 혼란을 겪었던 타롱가동물원의 출구 쪽으로 나오다 보니 이젠 이곳으로 한 두 명 들어오는 사람도 있다. 나오기 직전엔 카페에서 커피도 한잔하며 지친 몸을 달래주는 휴식 시간을 갖기도 했다. 때마침 이 시간에 빗방울도 조금씩 떨어져 생각지도 않았지만 자연스럽게 비를 피하는 운도 따라주었다.

'그러고 보니 늘 실수만 하거나 운이 없는 건 아냐~~'

타롱가동물원Taronga Zoo

개장시간 9:00~5:00(겨울은 9:30~4:30)
입장료 $42.30(온라인), $47.00(방문)
taronga.org.au/sydney-zoo

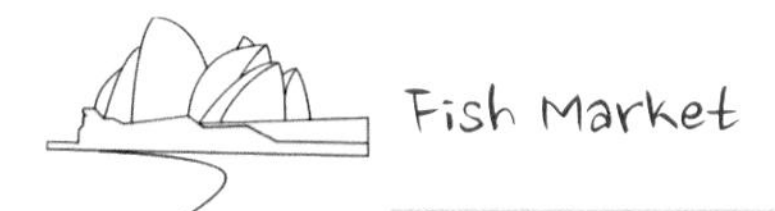

트램[Light Rail] 타고 피시마켓으로

타롱가동물원에서 페리를 타고 서큘러키로 돌아온 다음 곧바로 전철을 타고 센트럴 역으로 갔다. 전철에서 내려 센트럴 역 안으로 들어온 다음 반대편의 통로로 이동하여 트램을 탔다. 마침 트램이 있길래 아무 생각 없이 트램을 탔는데 형이,

"여긴 카드 안 찍어도 돼?"라고 말해 생각해보니 오팔카드 인식을 안 시켰다.

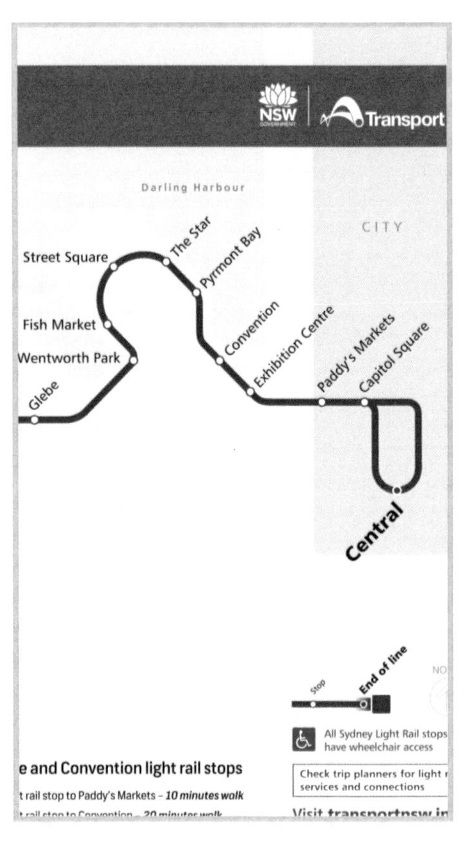

"형은?"

"난 찍고 들어왔는데."

나 혼자 트램에서 내린 다음 통로 입구 바로 옆에 허리 높이 기둥 형태의 인식기에 카드를 터치하고 다시 트램에 탔다. '그럴 수도 있지 뭐.' 하면서 전혀 창피함을 느끼지 않고 자연스럽게.

서울의 지하철역에는 모든 역사에 사람 들어가고 나올 때마다 차단기가 돌아가는 기계가 있어 카드를 터치했는지 안 했는지 고민할 필요가 없는데 브리즈번과 시드니는 그렇지 않은 곳도 많아서 주의해야 한다. 실제로 형은 한 번도 문제가 없었는데 나는 터치하지 않고 그냥 탔다가 나올 때 문제가 생기기도 했다. 어찌해야 하나 고민할 때 형이 반대쪽(들어가는 쪽) 기계에 터치하고 나오라고 해서 해결을 한 적도 있었다.

피시마켓에 가는 방법은 택시는 물론이고 버스와 페리도 있지만 한국엔 일반적이지 않은 교통수단인 트램Sydney Light Rail을 이용해보고

싶었다. 시드니의 트램은 라이트 레일로 불리는데, 골드코스트의 경전철(노면전차) 트램과 같은 종류이다. 그러니 일반적인 전철이나 지하철보다 크기가 작고 객차 수 역시 5량 정도로 길이가 짧다.

1997년 완공한 트램은 현재 12.8km, 23개 역을 가지고 있고 시내의 센트럴 역에서 서쪽의 덜위치힐Dulwich Hill까지 서비스한다. 센트럴 역에서 패디스마켓Paddy's Market, 달링하버Darling Harbour, 피시마켓Fish Market 사이를 찾는 여행자에게는 편리한 교통수단이 될 수 있다.

트램은 전철과 달리 노선이 길지 않고 속도도 빠르지 않다. 전철처럼 동시에 많은 승객을 실을 수도 없을 뿐만 아니라 실내의 폭도 좁아 답답한 느낌이 들기도 한다. 하지만 덩치가 큰 전철이나 버스가 운행하기 어려운 구간에 트램을 배치함으로써 훌륭한 교통수단이 될 수 있다. 무엇보다 편리한 건 전철에 비해 타고 내리는데 편리하다는 것이다. 센트럴 역만 하더라도 플랫폼이 거창하게 있는 것이 아니라 역사 바로 옆 노상에 있다. 2층이나 지하로 내려가지 않고 역사의 레벨과 같은 레벨에서 타고 내릴 수 있으니 편하다. 출입 시에 차단기가 없는 것도 심리적인 편안함을 준다. 5m 정도 되는 객차 5개를 맞붙여 운행하므로 크기나 모양으로 볼 때 전체적으로 앙증맞다. 색깔 역시 전철과 다르게 빨간색 등의 원색과 사진을 많이 사용해서 예쁘다.

트램에는 생각보다 많은 사람이 타고 있다. 실내가 별로 넓지 않다 보니 사람이 많지 않은데도 꽉 차 보인다. 노란색의 손잡이와 안전바가 귀엽다. 안쪽에서 출입문을 보니 이것도 내릴 때 문에 달린 버튼을 눌러야 문이 열리는 형태이다. 내릴 때 버튼을 눌러야 한다는 걸 머릿속에 입력시켜 놓기는 했지만 실제 내릴 때는 그 간단한 걸 까먹고 한국에서처럼 문이 자동으로 열리기만을 하염없이 기다릴 수도 있다.

지금은 트램이 패디스마켓Paddy's Market에서 피어몬트베이Pyrmont Bay를 달링하버로 잇고 있는데 10년 전까지는 시내의 대형 쇼핑몰 월드스퀘어World Square와 달링하버의 피어몬트브리지Pyrmont Bridge를 지나 피어몬트베이로 연결되어 있었다. 시내를 통과할 때는 지상 3m 정도의 높이에 레일이 설치되어 있어 하늘에서 아래를 내려다보는 형태라서 더 흥분도 되고 더 멋진 경치를 볼 수 있어 좋았다. 특히 피어몬트브리지 위를 지날 때는 시내의 스카이라인과 달링하버의 멋진 풍경이 그지없이 아름다웠는데 이제 그런 기분을 느낄 수 없어 좀 아쉬웠다.

"왜 바꾼 겨~~?"

트램Light Rail

센트럴 역에서 피시마켓역까지 $2.24

transportnsw.info/travel-info/ways-to-get-around/light-rail#

중국인이 점령한 피시마켓

트램에 타고 있던 대부분의 사람이 우리가 내리려고 했던 피시마켓역에서 내린다. 교통카드 찍는 기둥이 계단 바로 아래 있는데 사람들이 많지 않았다면 안 찍고 그냥 계단을 올라갔을 것 같다. 계단 위로 올라온 다음 잠깐 내비게이션의 작동에 오류가 있었는지 서쪽으로 가야 하는데 동쪽으로 한참을 걸어갔다. 많은 사람이 내린 이유가 피시마켓에 가는 걸 텐데 이쪽으로 가는 사람은 우리 형제가 전부라서 잠시 가던 길을 멈추고 구글맵을 들여다본다.

아니나 다를까 트램에서 같이 내린 사람들이 우르르 몰려가는 그 방향이 맞다. 밀러스트릿Miller St을 따라 서쪽으로 조금 걸어가니 고가도로 아래로 피시마켓 간판이 보인다. 사실 고민할 필요도 없이 사람들 가는 대로 따라가면 되는 걸 굳이 고민했다. 트램 역에서 피시마켓까지는 200~300m 정도의 거리라서 그리 멀지는 않다. 하지만 2시가 가까워지는 데다 오전에 동물원을 온통 걸어서 구경했기 때문에 배도 고프고 목이 마르고 다리도 좀 아파온다.

드디어 피시마켓 건물이 보이고 그 앞에 있는 주차장에 이르렀다. 주차장 쪽에서 바라본 피시마켓 건물은 시드니의 다른 곳과 달리 이곳은 산뜻하지가 않다. 특히 파란색의 건물이 전혀 예쁘지가 않아 동남아의 허름한 시골 건물 같은 느낌도 든다. 주차장도 오래전에 만들었는지 바닥의 색깔이 지저분하고 엉망인 데다 망가진 아스팔트도 많이 보인다.

곧바로 건물 안으로 들어갔다. 건물 안에는 빼곡히 상점들이 늘어서 있고 걸어 다니기 어려울 정도로 많은 사람이 구경하고 움직이고 있다. 수북이 쌓인 생선들은 진열이 잘 되어 있어서 그런지 더 싱싱해 보인다. 그냥 많이만 '쌓아둔' 것이 아니라 그야말로 '진열'을 해놓았다. 생물 그대로 놓여 있는 것도 있고, 살만 발라내어 진열해놓은 것도 있다. 각양각색의 생선들이 생선별로 진열되어 있고 생선 이름과 금액이 적혀있는 이름표가 생선마다 놓여 있어 소비자가 생선을 선택하는데 편리해 보인다.

어느새 밖에서 느낀 허름하고 지저분한 마켓의 이미지는 쏙 들어가고 다양한 종류와 신선해 보이는 생선, 왁자지껄하고 생동감 넘치는 사람들의 모습에 마음을 빼앗긴 채 나도 그 일원이 되어 버렸다.

마켓은 생물을 파는 곳과 그것들을 조리해서 파는 가게, 과일을 파는 가게들이 섞여 있다. 어느 가게를 봐도 생선들이 싱싱해 보인다. 뭐니 뭐니 해도 눈에 띄는 건 랍스터였다. 랍스터는 많은 가게가 다루고 있는데 가격이 kg당 $44.99였다. 요리해서 파는 상점도 많은데 랍스터를 반으로 잘라 갖가지 양념을 한 후 조리를 미리 해놓고 팔고 있다. 랍스터 자체적으로도 식욕을 돋우는데 울긋불긋한 양념까지 가미된 자태를 보면 침

SYDNEY FISH MARKET

이 안 넘어갈 수가 없다.

구경은 대충 됐고 이제 점심을 먹을 시간이다. 벌써 2시나 되었다. 처음 건물 안으로 들어올 때 봐둔 가게가 있었다.

'사람들이 이렇게 많은데 또 되지도 않는 영어로 주문을 해야 한다구?' 머릿속에서 이런 걱정이 계속해서 떠올랐다. 혼자 왔으면 다 포기하고 시내 나가서 햄버거나 사 먹겠지만 오늘은 그러면 안 되는 것이었다. 그런데다 이곳을 가득 채운 사람들은 중국인들이었다. 전체 사람 중에 80% 이상은 중국인들이었고, 게다가 그들 대부분은 그냥 동네 아줌마, 아저씨 같은 분들이었는데 영어는 전혀 하지 않고 중국어로만 떠드는 분들이었다.

'그래! 중국인 동네 아줌마, 아저씨들도 호주 와서 직접 점심 사 먹는데 그래도 좀 배운 사람이 이런 걸 무서워하면 안 되지!' 스스로 위로를 했다.

하지만 잘 못 생각했던 것이, 나는 한국인이고 영어로 주문해야 하는데 반해 중국인 관광객들은 중국인이 운영하는 가게에서 주문하는 것이다 보니 내가 더 불리한 상황이었다.

'아~씨, 한국인이 장사하는 가게는 없나?' 별게 다 부러웠다.

한두 개 사는 것보다 생선 여러 종류를 골고루 종이박스에 담아서 파는 플래터Platter를 주문하기로 했다.

그게 저렴하기도 하고 생각지 못했던 생선을 시도해볼 수 있는 경험이 될 것도 같은 데다 제일 중요한 건 주문하기가 편했다. 매형 덕에 고향 집에서 흔하게 먹은 랍스터지만 여긴 바닷가에 있는 시드니이니까 무엇보다 랍스터가 포함된 플래터를 선택했다. 도시락 같은 점심으로 맥주를 포함해 $125.00나 되는 큰 금액이었지만 형이 워낙에 생선을 좋아하는 걸 알기에 금액을 신경 쓰지 않고 주문을 했다.

구입한 음식을 건물 안의 공동 테이블에서 먹어도 되지만 우린 음식을 받자마자 밖으로 나갔다. 들어올 때 방향이 아니라 바다 쪽으로 나가니 아까와는 완전 다른 풍경이 펼쳐진다. 음식을 먹을 수 있도록 예쁜 파라

솥이 설치되어 있고 그 앞에 바다가 있다. 바다 오른쪽으로는 작은 보트들이 보이고 그 너머엔 다리Anzac Bridge도 보인다. 날씨가 흐려서 그런 것도 있겠지만 완전 멋진 풍경은 아니다. 하지만 야외에서 먹을 점심 식사를 생각하니 특별한 느낌이었다.

테이블이 적지 않게 많았지만 거의 다 차 있어서 테이블 선정에 어려움이 있었다. 많은 시간이 지나지 않아 마침내 테이블을 차지했고 자리에 앉아 보니 주변이 온통 중국인 천지이다. 내 바로 뒷자리에만 서양인인지 호주인인지 가족이 앉아 있고, 형의 뒤에는 단체 관광객으로 보이는 중국인들이 한껏 차려 놓고 엄청나게 많은 생선을 먹고 있다.

음식 박스 안에는 한 마리를 반으로 잘라 양념을 한 랍스터, 오징어, 여러 가지 조개, 꽃게, 감자칩 등이 들어 있다. 가게의 유리 진열장 안에 있던 음식은 엄청 맛있게 보였는데 밖에 나와 테이블에 올려놓고 런치박스를 펼쳐보니 다른 느낌이다. 박스 안에서 조개와 생선과 꽃게, 랍스터, 감자칩 등이 짬뽕이 된 것 같은 느낌이었고 잠깐이었지만 그새 눅눅해진 비주얼이어서 원래 기대했던 것과는 완전히 달랐다. 기대치가 20% 아래로 뚝 떨어졌다.

먼저 얇은 투명 플라스틱 컵에 들어 있는 맥주를 한 모금 마셨다.

"그래, 이 맛이지!"

이런 몸 상태, 이런 환경에서 맥주 맛이 나쁠 리가 없었다.

그러고 나서 랍스터를 먹었다. 예상과 다르게 그 비싼 랍스터 맛이 그

SYDNEY FISH MARKET
LOADING DOCK 2
peter's
799
Oyster Bar
3199
2699
FIRE CONTROL PANEL AROUND CORNER
DOYLES
SYDNEY
AUSTRALIA

닥이다. 양념도 우리가 늘 먹던 것과 다르다. 랍스터뿐만 아니라 꽃게도 오징어도 조개도 맛이 다 그저 그렇다.

음식을 먹으면서도 '뭐가 잘못된 거지?'라는 의문이 머릿속에서 떠나질 않는다.

그렇다고 형에게 맛이 없다고 얘기할 수는 없었다. 그 자리에선 맛있다고 얘기를 하면서 먹었지만 진심은 좀 달랐다.

결국 비싸게 주고 산 생선모둠이었지만 맨 마지막에 먹은 '감자칩'이 제일 맛있었다. 하하하!

형의 뒷자리에 앉아 생선을 완전 맛있게 먹는 중국인 아줌마, 아저씨들은 옷차림새를 한껏 꾸민다고 꾸몄지만 그냥 한국의 시골 동네 사람들처럼 보인다. 선글라스를 머리 위에 올리고, 시계와 장신구를 착용해서 돈 많은 티를 팍팍 내고 있다. 생선을 플라스틱 세숫대야와 똑같이 생긴 그릇에 담아 먹는데 엄청 시끄럽게 떠들며 식사를 한다. 그들이 먹고 버린 음식물 쓰레기는 테이블 위에 그대로 올려져 있고 어찌나 많은지 6명이 앉아 먹을 수 있을 정도의 테이블이 생선 껍질 같은 쓰레기로 가득 차 있다. 그냥 얼핏 보기에도 지저분해 보이고, 음식 맛이 뚝 떨어지게 한다. 주변 다른 사람들은 전혀 안중에도 없고 어찌나 시끄럽게 이야기를 하며 식사를 하는지 너무 불편하다.

'예전엔 한국인도 외국 나가면 저렇게 안하무인이었을까?'

음식을 거의 다 먹은 이 중국인들이 음식물 쓰레기를 그대로 둔 채 자리를 뜨려고 하자, 근처에서 음식물 쓰레기 정리를 하던 청소부 할아버지가 다가와 언성을 높여 영어로 뭐라고 뭐라고 한다.

"니들이 먹은 거, 니들이 치우고 가야 하는 거 아님?" 이런 느낌이었는데 중국말로 뭐라 뭐라 하던 그 아줌마, 아저씨들이 주섬주섬 쓰레기를 치운다.

마뜩잖아하면서 쓰레기를 치우긴 했는데 그래도 테이블 위에는 잡다한 생선 쓰레기들과 생선에서 나온 알록달록한 액체가 남아 완전 밥맛 떨어지는 모습이다.

중국인 관광객들이 단체로 많이 오면서 시드니의 관광 수입은 많이 늘어났을 테지만 한 편으로는 현지인과 다른 관광객을 배려하지 않고 불편하게 만드는 일도 많이 생겨났을 것 같다. 다만, 영어 한마디 못해도 편하게 관광할 수 있는 중국인들이 부럽기도 하고…….

'부러워서 그런 거지 뭐.'

시드니 피시 마켓Sydney Fish Market

1945년부터 운영이 됐지만 지금의 형태는 1994년부터이다. 남반구 최대 어시장이자 세계적으로도 세 번째라고 하는데 잘 모르겠다. 별로 커 보이지 않던데…….

www.sydneyfishmarket.com.au

SEAFOOD BASKET
SPECIAL
DON'T FEED
THE BIRDS
請勿餵鳥

아쿠아리움Sea Life과 마담투소Madam Tussauds

시드니 아쿠아리움SEA LIFE Sydney Aquarium

피시마켓에서 다시 트램을 탔다가 피어몬트베이역Pyrmont Bay에서 내려 달링하버의 피어몬트다리를 걸어 시내 쪽으로 향했다. 피시마켓에 있을 때는 하늘에 구름이 잔뜩 끼어 있어 우중충했는데 다리 위를 걸으려고 보니 햇볕이 너무 뜨겁고 따갑다.

10여 년 전, 다리 위 공중에 트램 철길이 있어 운행되는 트램을 보면 그 자체도 멋있었는데 이젠 아무것도 없이 다리만 있으니 허전하다. 다리 양옆 난간에는 여전히 아주 많은 깃발이 바람에 날리는데 12년 전의 빨

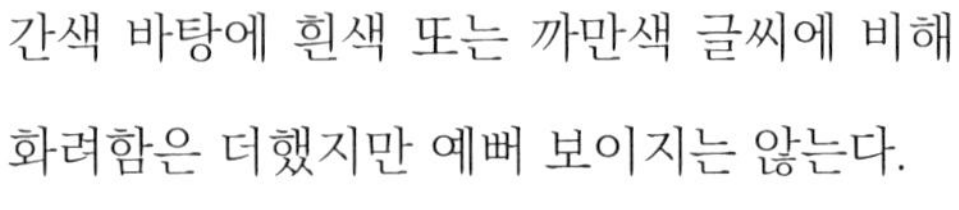

간색 바탕에 흰색 또는 까만색 글씨에 비해 화려함은 더했지만 예뻐 보이지는 않는다.

'그때 그 단순하지만 강렬했던 색의 디자인이 참 예뻤는데…….'

이 다리에서 바라보는 시내의 스카이라인이 참 예쁘다. 그 정점에 있는 건 뭐니 뭐니 해도 시드니 타워 아이이다. 다리의 오른쪽 아래, 달링하버에 전에 못 보던 대관람차가 생겨났다. 물가의 물 위에는 사람들이 걸어 다닐 수 있도록 보행로가 있다. 뙤약볕에도 사람들이 삼삼오오 떼를 지어 원래 보행로와 새로 만든 보행로 위를 걷고 있다. 원래 있던 길은 붉은 색 보도블록으로, 새로 만든 보행로는 밝은색 계열의 나무데크로 마감을 했는데 대관람차를 비롯해 주변의 경치가 아주 조화를 잘 이루고 있어 아름답다. 호주의 공공 디자인은 군더더기가 없이 깔끔하

DARLING HARBOUR

고 깨끗하고 단순한 것이 특징인 것 같다. 이곳을 충분히 느낄 수 있도록 한 달 정도 살아보면 좋을 것 같다는 생각이 든다.

다리의 왼쪽인 북쪽에는 호주국립해양박물관Australia National Maritime Museum과 와일드라이프동물원, 아쿠아리움, 마담투쏘가 바다를 사이에 두고 위치한다. 호주국립해양박물관은 건물도 예쁘지만 그 앞에 정박해있는 대형 군함이 위풍당당해 보이고 규모가 크고 작은 요트도 멋진 풍경을 만들어낸다. 물가에 있는 흰색 작은 등대 역시 귀엽고 깜찍하다. 다섯 차례나 시드니에 왔지만 한 번도 이곳에 들어가 본 적이 없고 들어가 보고 싶었던 적도 없다. '왜 그럴까?'

다리를 건너 아쿠아리움 건물 근처로 왔다. 벌써 3시 30분이나 되었다. 문을 닫는 시간도 계산해야 하므로 일단 빨리 들어가야 할 것 같았다. 입장은 어제 구입한 '4 Attraction Pass'로 들어갈 수 있어 입장권을 사는 시간을 줄였다. 좀 늦은 시간이지만 여전히 입장권을 구매하려고 하는 사람들이 꽤 보인다.

우리가 들어가려고 하는 아쿠아리움과 마담투쏘는 하나의 건물에 공간만 나뉘어 있다. 시간이 없어 이번에 가지는 못했지만 동물원WILD LIFE Sydney Zoo 역시 바로 옆의 건물에 있는데 입구는 한 군데이다. 건물 안으

DUGONG

SEA LIFE Sydney Aqu

로 들어간 다음 원하는 곳으로 입구를 찾아 들어가면 된다.

타롱가동물원에서 한번 퇴짜를 맞았고, 어제 시드니 타워 아이 이후 처음으로 사용하는 거라서 '이번에도 패스에 이상이 있으면 어쩌나?' 하는 쓸데없는 고민도 하면서 입장을 했다.

여느 아쿠아리움과 마찬가지로 산호, 열대어, 작은 물고기, 큰 물고기, 상어, 대형 가오리, 펭귄, 듀공, 거북이 등등의 물고기들이 평화롭게 살고 있다. 호주가 원래 대보초, 산호로 유명해서 그런지 각양각색의 아름다운 산호초를 볼 수 있고, 처음으로 만난 작은 해마도 가까이에서 선명하게 볼 수 있어 특별한 경험이었다. 유리 터널 아래를 걸어가면서 대형 상어와 사람보다 훨씬 더 커 보이는 가오리와 거북이를 유리 위로 올려다보는 경험도 했다. 보호 어종이라는 대형 듀공도 봤고, 꼬마 열차를 타고, 열차가 이동하면서 펭귄을 감상하는 투어도 경험했다. 예상보다 형이 아쿠아리움 감상을 좋아하는 것 같아 기분이 좋았다.

시드니 아쿠아리움SEA LIFE Sydney Aquarium

입장료는 현장 구매 $46.00, 인터넷 $36.80
www.sydneyaquarium.com.au

밀랍 인형박물관 마담투쏘Madame Tussauds Sydney

아쿠아리움에서 1시간이나 관람을 하고 나와 시간을 보니 4시 30분. 아직 시간이 있다. 곧바로 마담투쏘에 들어갔다.

마담투쏘는 마리 투쏘라는 밀랍 조각가가 만든 밀랍 인형박물관으로 본점은 영국 런던에 있고, 시드니를 비롯해 뉴욕, LA, 샌프란시스코, 워싱턴D.C., 암스테르담, 방콕, 홍콩, 베이징, 싱가폴 등 23개 도시에 진출해 있으며, 투쏘가 1835년 런던에 박물관을 연 것이 최초의 마담투쏘박물관이다. 마담투쏘의 인형들은 밀랍을 이용해 실물 크기로 만들어졌고 사실적인 모습에 사람들이 즐겨 찾는다. 영국 왕실의 인물들, 세계 유명 정치인, 유명 영화배우, 가수, 스포츠 스타 등이 주요 대상이다. 유명인들을 사실적으로 재현해 놓았기 때문에 밀랍 인형과 사진을 찍으면 진짜처럼 보여 이곳을 찾은 사람들은 사진을 찍으며 즐거워한다.

다행히 형도 이곳을 상당히 흥미로워하고 재미있어하는 눈치다. 게다가 사람도 별로 없어 사진 찍을 때도 방해받지 않고 마음껏 찍을 수 있어 좋다. 사람이 많으면 순서 기다리느라 지치고, 막상 사진을 찍으려고 해도 사람들이 쳐다보고 있으면 자연스러운 표정을 짓기가 어렵다. 여행지가 비수기라서 좋은 점도 적지 않다. 하하하!

엘리자베스 여왕을 비롯한 영국 왕실 사람들, 넬슨 만델라, 오바마 대

통령, 간디, 아인슈타인, 성룡, 마릴린 먼로, 브루스 윌리스, 마이클 잭슨, 엑스맨, 스파이더맨, 수퍼맨, 오드리 헵번, 원더우먼, 아쿠아맨, 호주 풋볼 선수 등등 전 세계 유명인들뿐만 아니라 모르는 사람도 많다.

형은 유명 여배우의 인형과 같이 사진은 찍는데 그래도 어색한가 보다. 표정이 영~~.

난 그래서 아예 사진에 거의 찍히지 않았다. 흐흐흐.

그래도 여기는 금세 둘러봤다. 시간이 얼마 남지 않은 것 같아 휘리릭 보며 지나치고 사진도 많이 찍지 않아서 40분 만에 나오니 5시 10분.

바로 옆에 있는 와일드라이프동물원은 아예 들를 생각을 하지 않았다. 오전에 시드니 대표 동물원인 타롱가동물원을 들르기도 했지만 이제 시간이 너무 많이 지나 어둑어둑해진다.

밖으로 나오니 빗방울이 조금씩 떨어지기 시작하다가 택시를 타고 숙소에 오는 길엔 세차게 유리창을 때린다.

"와, 우리 정말 호주 와서 비 안 맞고 다니는 거 같아!" 우린 똑같이 말했다.

"찌찌 뽕!"

Madame Tussauds Sydney

me Tussauds Sydney

밀랍 인형박물관 마담투쏘Madame Tussauds Sydney

입장료 현장 구매 $44.00, 인터넷 $35.00
www.madametussauds.com.au/sydney/en

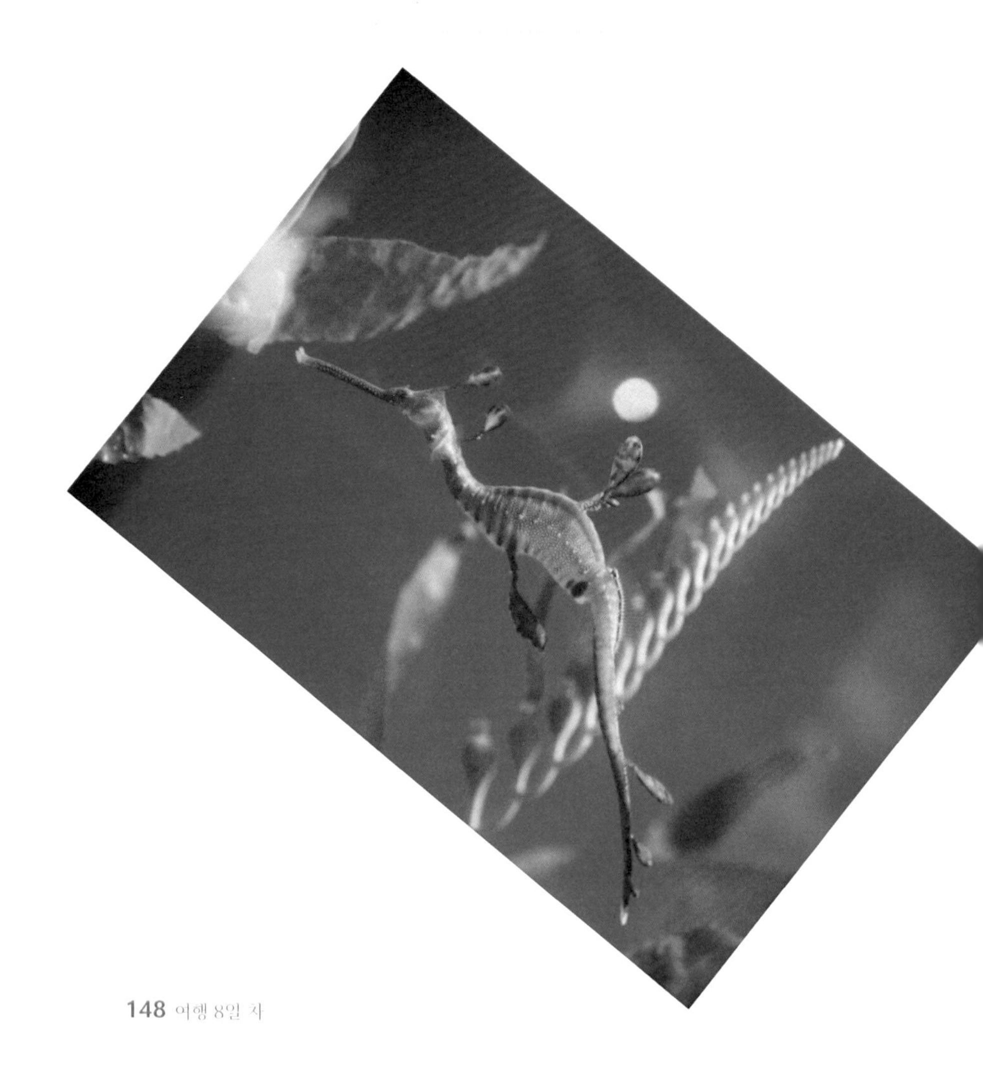

Madame Tussauds
ALL ACCESS
PHOTO PASS

Look out for our photographers and take part in our photo opportunities
Tap your All Access Pass to save your photos
...and collect your Madame Tussauds VIP Experience
30299183
magic memories
Madame Tussauds

QUIKSILVER

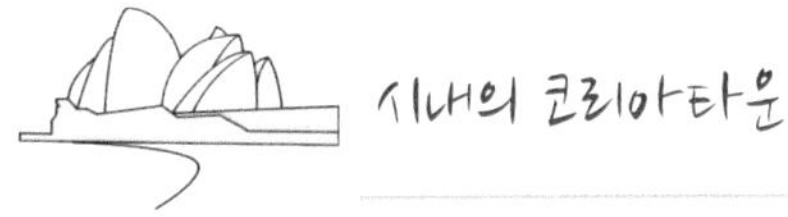

현지인 손님이 더 많은 시드니의 한인 식당

온종일 걸어 피곤하고 발가락의 물집은 더 커졌다. 형도 말은 안 하지만 힘에 부쳐서 하는 것이 느껴진다. 숙소에 들어와 한숨 잔 다음 동네 구경도 하고 저녁도 먹고 기념품도 좀 알아볼 겸 시내에 나갔다. 비싼 돈 내고 왔으니 뽕을 뽑아야지 피곤하다고 숙소에만 있을 수는 없다. 잠은 한국에서도 실컷 잘 수 있지만 이런 기회는 또 가질 수 없으니 말이다.

전철을 타고 시청역에서 내려 바로 옆에 있는 QVBQueen Victoria Building를

SYDNEY TOWN HALL

쓰~윽 쳐다보고 시청을 지나 곧바로 한인 식당이 많이 있는 Pitt Street으로 걸어갔다.

QVB는 1898년 만들어진 건물로 빅토리아 여왕이 호주를 방문했을 때 사용된 궁전이기도 한데 지금은 지하 2층, 지상 3층의 호주 대표 명품 쇼핑센터이다. 피에르 가르뎅은 로마네스크 양식과 비잔틴 양식이 혼합된 이 건물을 세계에서 가장 아름다운 쇼핑몰이라고 극찬했다고도 하는데 실내에 들어가 보면 그 이유를 알 수 있다. 화려한 스테인드글라스와 벽면의 조각 장식, 바닥의 화려한 색깔의 타일, 이와 대조적으로 아주 심플해 보이는 에스컬레이터, 장식된 난간 등을 보면 유럽 어느 나라의 궁전에 들어와 있는 것 같은 착각이 들게 한다.

시청Sydney Town Hall은 브리즈번의 시청과 비슷한 외관을 갖고 있다. 사암으로 만들어진 벽면과 중앙에 높은 첨탑이 있고 오래된 느낌이 전혀 들지 않아 1880년대 만들어진 것이 무색할 정도로 높은 세련미를 보여준다. 브리즈번 시청과 달리 조명을 은은하게 설치해서 멋진 야경을 보여줬다.

시드니의 코리아타운은 캠시Camsie, 이스트우드Eastwood, 스트라스필드Strathfield 등 외곽지역에 여러 군데 있지만 시내에도 있다. 주로 식당, 기념품 가게, 미용실 등이고 그 수는 많지 않지만 거리 이름을 Korea Town 이라고 붙여 놓기까지 했다. 이곳은 피트스트릿Pitt Street에 있는데 리버풀스트릿Liverpool St과 센트럴스트릿Central St 사이에 있고 불과 100여 미터 정도밖에 되지 않는다. 물론 이 거리 말고도 '강호동 678' 같은 식당을 비롯해 더 많은 한인 식당과 기념품 가게들이 코리아타운 주변에서 영업하고 있다.

시드니의 한인 식당 분위기는 12년 전 시드니를 왔을 때와는 완전 딴판의 느낌으로 다가온다. 그때는 왠지 초라하고 한국인 관광객들과 유학생 등 우리들끼리만의 리그 같은 느낌이 강했는데 이젠 현지인이 하도 많아 한국인인 우리가 들어갈 자리가 없을 정도다. 몇몇 식당을 두리번거리다 대기할 걸 각오하고 가장 여유 있어 보이는 식당 '본갈비'에 들어갔는데 잘 찍었는지 거의 기다리지 않고 자리에 앉을 수 있었다.

실내 인테리어는 한국과 호주의 중간 어디쯤인데 고급스럽고 편안하고 감각적인 스타일이다. 호주식으로만 하면 깔끔하고 단순하기만한 형태일 텐데 한국적인 편안함과 감각적인 면이 가미되어 훨씬 고급스러운 분위기를 자아낸다. 사람들이 많아 조금 소란스러운 것이 단점이라면 단점이었다.

한국식으로 반찬을 일단 테이블에 쫙 깔아주고 메인 음식은 뒤에 내주

는 식이었는데 식기와 물병, 물컵, 심지어 고기를 구워 먹을 수 있도록 테이블에 설치한 구이 시설까지 완전 한국에서 공수한 물건들이었다. 유학생들이 오면 향수를 자극할 수 있는 시설임이 분명했다.

우리는 일단 캔맥주 VB를 시켜 본격적인 식사 전에 한 잔 들이켰다. 저녁 9시가 다 된 시간이라 뭘 마셔도, 뭘 먹어도 맛있게 먹을 수 있는 상태였지만 평소 좋아하기도 한 맥주라서 그런지 훨씬 더 시원하고 맛이 좋았다.

다른 테이블에도 이미 사람들로 자리가 꽉 차 있어 밥 먹는 건 시간이 오래 걸리겠다고 각오하고 있었는데 역시 그랬다. 게다가 순두부찌개와 김치찌개를 주문했는데 김치찌개만 가져오고 순두부찌개는 가져오지 않는 주문 착오도 있었다. 그렇다고 급할 건 하나도 없으니 주문 넣어달라고 하고 천천히 기다렸다. 찌개와 반찬은 모두 한국의 음식 맛과 똑같았다. 맛집이라고까지 말할 수는 없지만 타국의 한인음식점치고는 완전 한국식이어서 만족스러웠다.

한 시간 동안이나 저녁 식사를 하고 기념품 살 만한 곳을 찾아 식당을 나섰다. 월드스퀘어World Square 쪽으로 내려가면서 이곳저곳을 들렀는데 기념품이라고 할만한 상품을 찾을 수가 없었다. 다 그게 그거 같고 별로 특색 있거나 호주스러운 상품이 없어 구매를 꺼리게 했다. 마지막이라고 생각하고 들른 상점은 직원이 한국인이었다. 대부분의 기념품점은 의류, 장난감, 건강보조식품 등을 판매하는데 이곳은 한국인 여행자들이 많이 찾는 곳이라서 그런지 아예 건강보조식품으로만 구성한 리플렛을 만들어 놓고 직원은 이걸 보여주며 설명했다.

엄마가 호주에 있는 형에게 굳이 '노니Noni'를 사 오라고 하셔서 일단 이것을 골라 놓은 다음, 매형과 조카들을 위한 선물을 구입했다.

오후 아쿠아리움에서 나와 숙소에 돌아갈 때부터 내리기 시작한 비가 밤까지 계속 이어지긴 하지만 이상하게 비를 잘 피해 다녔다. 비가 올 때는 슈퍼마켓에서 쇼핑을 하거나 식사를 하거나 투어를 했고 건물 안에 있고 나오면 빗방울이 약해져 있어, 걷는데 전혀 문제가 되지 않았다.

'참 신기하기도 하지……'

$2
$2
$3
$3
GOLD SWEET POTATO
QUIKSILVER

VH-UMF
BLUE SKY
HELICOPTERS
AERIALCLICKSYDNEY.COM
Blue Sky
Helicopters

여행 9일차, 3월 23일(토)

오늘은,

헬리콥터 투어
패디스마켓, 마켓시티 쇼핑
시드니박물관, 호주박물관
오페라하우스 오페라 감상

역시 멋져, 헬리콥터 투어!

오팔카드? 고카드?

세계 3대 미항을 유람선에서 감상하는 것이 must-do인 것은 분명하다. 그런데 바다에서뿐만 아니라 하늘에서 보는 것도 필요하다. 만일 둘 중에서 하나를 선택하라고 하면 유람선보다 헬기나 경비행기를 타고 시드니 시내를 감상하는 것이 훨씬 더 좋겠다는 생각이다.

경비행기나 헬리콥터를 타는 것도 형에게는 처음인지라 이것 역시 경험을 갖게 하고 싶었다. 처음 얘기를 꺼냈을 땐 무서워하는 것 같아 조금 망설여시기도 했지만 어떻게든 설득을 하고 싶었다. 결국, 투어를 하기로 하고 경비행기와 헬리콥터 중에 어떤 것을 선택할지 망설였다. 가격은 경비행기가 약간 더 저렴하긴 했지만 우린 헬리콥터를 선택했다. 아무래도 경비행기보다 천천히 날 것이라는 생각이 들었고 그러면 경치를 감상하는데 좀 더 충분한 시간이 있지 않을까 잔머리를 썼는데 이제 와 생각해 보니 어차피 비행시간은 정해져 있었다.

비행은 여러 차례의 시간 중에서 아침 9시 30분으로 정했다. 해가 뜰 때 동쪽에서 서쪽, 즉 남태평양 쪽에서 시내를 바라보는 시간이 많을 것이고, 그 위치에서 보는 시드니의 풍경이 멋지기 때문에 태양의 위치를 고려하여 아침 비행을 결정했다. 하루 일정 중 무엇보다 이 투어가 가장 중요하기 때문에 이걸 제일 먼저 끝내 놔야 나머지 시간이 여유도 있고,

다른 뭘 해도 신경 쓰이지 않을 것 같아 이른 시간을 선택했다.

아침에 눈을 떴다. 시계를 보니 7:30.

'이상하네, 7:30에 알람을 맞춰 놨는데 왜 안 울렸지?'

휴대폰이 거짓말을 할 리가 없는데 알람은 분명히 울지 않았고 별로 중요하지는 않지만 이유를 찾기 시작했다. 알람을 7:30에 맞춰 놓은 것은 맞는데 '주중의 7:30'이었다. '오늘은 토요일이라서 주말인데, 에구~. 기계가 일부러 알람을 울리지 않은 것은 아니겠지.'

형의 인기척도 없는 걸 보니 형도 아직 일어나기 전인가 보다. 어제 온종일, 밤늦게까지 돌아다녔으니 50대 후반으로 넘어가는 형에게는 조금 힘에 부쳤는지도 모르겠다.

아침을 빵과 과일로 대충 먹고 집을 나왔다. 서큘러키에서 전철을 이용해 국내선 공항으로 간 다음, 거기서 택시를 타고 투어업체로 갈 계획이었다. 서큘러키 역에 도착한 다음 내가 먼저 오팔카드를 기계에 터치하고 들어갔다. 그런데 형의 카드에 문제가 있는 건지 들어오질 못하고 있었다. 기계에 카드를 댈 때마다 오류라고 하는 기계음이 들리는데 왜 그런지 이유를 알 수가 없었다. 형의 얼굴은 '도대체 왜 이러지? 어쩌나…….' 하는 표정이었다.

똑같은 날, 똑같은 곳에서 두 장의 카드를 샀는데 내 것만 멀쩡하고 형 카드만 이상할 리가 없었다. 그래서 형으로부터 카드를 받아 들고 찬찬히 살펴보니 이 카드는 오팔카드Opal card가 아니라 고카드go card였다. '에구머니나~~!'

골드코스트 공항에서 고카드를 반납하고 보증금을 받아 왔어야 했는데, 리펀드받는 것을 깜빡하고 그냥 왔더니 카드들이 섞여 있는 것을 모르고 집에서 엉뚱한 카드를 들고나온 것이었다.

난 이미 전철역 안쪽에 들어와 있었고 발가락 물집 때문에 걷기가 힘들어 그대로 전철역에 있고, 형 혼자서 숙소에 다녀왔다.

"이렇게 분량이 또 늘어나네!"

시드니에선 비행기 투어 필수!

헬리콥터 투어는 현지 대행업체와 하나투어 같은 우리나라 여행사를 통해서도 예약을 할 수 있지만 업체 웹사이트에서 직접 예약을 할 수도 있다. 보통 대행업체가 더 저렴해야 하는데 이건 그렇지도 않아 그냥 업체 웹사이트에서 직접 예약을 했다.

투어의 가격은 비행시간과 비행 장소, 픽업 포함 여부, 그룹인지 개인

2 x Flight 2a - Harbour & Beach Discovery (Share with Others) 20 Minutes // Saturday, March 23, 2019 9:30 AM

PENDING ORDER

ORDER NUMBER	ORDER TOTAL	BALANCE
RG1JC01	$350.00	$350.00
CREATED ON: MAR 15, 2019		

Hi SEONGHEE,
Thank you for your flight request (or gift card purchase) with Blue Sky Helicopters. If you have requested a flight booking for a particular day and time, your request **RG1JC01** is **Pending.**

(1) GIFT CARDS
Thank you for your purchase - The recipient/s have been sent an email with the Gift Card details. They have 12 months to redeem your gift.

(2) FLIGHT REQUESTS
As all flights are subject to availability, we will confirm your request in the shortest possible time (usually less than 72 hours). If your requested flight time is less than 24hrs away, please contact our office (between 9am/7pm) to check availability. All flight requests **are only confirmed** once you have heard back from us by phone or return email. **Important: For**

VERY IMPORTANT: Once your flight is confirmed, please pay particular attention to your **CONFIRMED** departure time as this may be different to your original request.

Don't worry if you've chosen the option to pay at the time of card will only be debited the outstanding amount (plus the 2 fee) once we confirm your booking. If you've chosen to pay o card number has just secured your booking only and you car (plus 2.5% credit card fee) or cash on the day. If you have any meantime, please make contact with us.

Kind Regards,
Vanessa Palmer
Client Services

Blue Sky Helicopters
http://www.blueskyhelicopters.com
info@blueskyhelicopters.com
02 9700 7888

Your Details

NAME
SEONGHEE NAM

EMAIL
sstar@chungwoon.ac.kr

ADDRESS
Korea, republic of

Order Details

PLEASE ENTER A PHONE NUMBER WHERE YOU CAN BE CONTACTED ON THE DAY OF YOUR

ARE YOU AVAILABLE TO FLY ON OTHER DAYS/TIMES IF NEEDED? (E.G. WEATHER IS

PAYMENT CHOICE

인지 등에 따라 금액 차이가 크게 난다. 우린 다른 사람들과 조인하여 20분 동안 시내-오페라하우스-바닷가 등을 비행하는 블루스카이헬리콥터Blue Sky Helicopters사의 Harbour & Beach Discovery를 선택했다.

그런데 브리즈번에 도착하고 나서 이메일을 열어보니 우리가 여행 떠나던 15일, 업체에서 내게 이메일을 보냈다. 단체비행인데 이 투어를 신청한 다른 사람들이 없어 우리밖에 없다며 투어를 포기하든지 50달러 더 내고 총 400달러에 Private tour를 하면 어떻겠냐는 내용이었다. 이 이메일을 받는 순간 이 말이 진실일 리가 없다는 생각이 들었다.

'와, 정말 호주 사람들이 돈 버는 덴 고수구나!'

설사 투어를 신청한 사람이 있었어도 이런 이메일을 보내놓고 각자 투어를 해서 두 배로 돈을 벌려는 심산이 아닌가 하는 '나쁜' 생각이 확 들었다. 설사 그렇다고 포기할 건 아니었고 50달러 더 내고 우리끼리 탈 수 있으면 그것도 나쁘지 않다는 생각이 들었다. 사실 우리끼리만 타면 영어를 거지같이 하는 동양인 두 명에 대한 집중도가 너무 높아져 부담스러울 것 같았기 때문이다. 이젠 고스란히 우리 둘이 모든 걸 감당을 해야 하는 상황이 생겼다. 우리가 돈을 내는 손님인데도 말이지.

KELTIE BAY

DARLING POINT

EXIT

투어는 9시 30분 비행이고, 우린 9시에 업체 문 앞에 도착했는데 아직 문도 열리지 않았고 어디에서도 사람이 보이지 않는다. 9시도 조금 넘어 직원이 출근하고 문을 연다. 사무실에 들어가 곧바로 비행 시 유의사항을 TV 화면을 통해 안내받았다. 그러고 나서 일정보다 10분 뒤인 9:40에 헬기에 탑승했다.

헬기는 장난감인지 진짜 헬기인지 모를 정도로 작았다. 형이 약간 겁먹은 듯,

"이렇게 작고 귀엽고 앙증맞은 헬기가 진짜 하늘을 날 수 있다구? 벌써부터 무서운데……."

몸체는 예전의 경차, 티코보다도 작다. 앞자리는 특히 바닥만 빼고 앞, 옆, 천장이 모두 유리로 되어 있어 그냥 앞으로 튕겨 나가버릴 것 같다. 난 형이 처음 타는 데다 경치를 더 잘 감상할 수 있도록 앞자리에 모셨다. 그랬더니 나중에 한다는 말이,

"야, 무서워 죽는 줄 알았어!"

헬기 조종은 여직원이 했다. 얼굴은 작은데 덩치는 꽤 건장해서 몸만 보면 여자인 줄 모를 것 같이 생겼다. 사무실에 있을 때는 말도 잘 하지 않아 무뚝뚝한 성격이라고 생각했는데 막상 비행이 시작되니 자기 업체 소개를 비롯해 눈에 보이는 풍경 이곳저곳에 대해 세세히 안내해주었다.

'사실 세세히 안내는 해주었는데 무슨 말인지는…….' 그냥 그럴 거 같

OPERA HOUSE

았다. 하하하!

탑승하고 안전벨트를 맨 다음 헤드셋을 귀에 착용했다. 곧바로 프로펠러 소리는 하나도 들리지 않고 조종사의 말소리가 또렷이 들린다.

'역시 BOSE!'

허리춤에 비상용 구명조끼를 착용했지만 헬기에서 떨어지면 그냥 그걸로 끝장인 거 아닌가 하는 생각이 들었다. 그래도 규정상 해야만 하는 것이고, 원래 시키는 대로 잘 이행하는 사람들인지라 잘 따랐다. 헬기의 모든 유리창은 먼지 하나 없이 깨끗하다. 하늘도 화창해서 아주 멋진 비행이 될 것 같았다.

9시 40분, 헬기는 이륙하자마자 곧바로 북쪽으로 날아갔다. 피시마켓이 보이는가 싶더니 센트럴 역이 바로 밑에 있다. 날개 달린 경비행기보다 헬기가 느릴 것이라 생각했지만 헬기도 역시 비행기였다. 빠르다.

시드니가 상당히 넓은 도시임을 알 수 있었는데 서울과 달리 고층빌딩은 시내에만 있고 다른 곳은 대부분 낮은 층수의 건물들로 이루어져 있다. 특히 건물 숫자만큼이나 초록의 나무들이 빼곡히 있어 서울과는 사뭇 다른 모습이다. 잠깐 사이에 시내 한복판을 지나 하버브리지의 서쪽에 왔다. 예상했던 것처럼 지금은 아침이라 하버브리지와 오페라하우스가 역광에 놓여있다.

헬기는 하버브리지를 넘어 동쪽 바다 쪽으로 향한다. 이제 순광으로 변하면서 제대로 된 시드니의 시내와 오페라하우스, 하버브리지가 한눈에 아름답게 보이기 시작한다. 바닷물이 육지 안쪽으로 깊숙이 들어오면서 여러 갈래로 갈라지는 모습이라 그 형태 자체도 아름답고, 파란 바닷물 위로 지나가는 보트와 요트가 만들어내는 새하얀 포말이 특히 아름다운 풍광을 만들어낸다. 그리스 산토리니가 그렇듯 파란 바닷물에 하얀 건물들이 참 잘 어울린다.

4인석 중 조종사를 뺀 3명의 손님이 자리에 탈 수 있는 것을 고려하였는지 오페라하우스 앞에서 한 바퀴를 돌았다. 어떤 방향에서라도 시내의 멋진 풍경을 볼 수 있도록 프로그램을 짠 것 같다. 덕분에 다시 한번 멋진 풍경을 감상할 수 있어 완전 좋았다. 이 장면이 헬기 투어의 끝판왕이었다.

헬기는 만을 따라 동쪽 바다로 계속 이동을 한다. 바다의 왼쪽 앞에는 맨리Manly와 북쪽의 맨 끝 노스헤드North Head가 있고, 오른쪽에는 본다이비치에서 갭팍Gap Park으로 이어지는 육지의 끝 사우스헤드South Head가 있다. 헬기는 사우스헤드를 오른쪽으로 끼고 돌아 해안선을 따라 남쪽 본다이비치를 향해 내려가기 시작한다.

왼쪽에는 남태평양의 수평선이 보인다. 수평선을 향해 계속해서 동쪽으로 가면 뉴질랜드가 나온다. 조종사는 계속해서 열심히 설명한다. 우린

몰라서 가만히 듣기만 하고 있는데 혼자 웃기도 하는 걸 보니 가끔 재밌는 농담이나 얘기도 하는 것 같다. 열심히 설명하는데 미안하기도 하고 민망하기도 하다. 투어 참가자의 반응과 관계없이 자신의 본분을 성실하게 이행하는 조종사가 프로답다고 생각해본다.

나는 오른쪽 창가에 앉아 해안선과 그 너머 시드니 시내까지 한눈에 바라본다. 사우스헤드를 지나자마자 더갭The Gap이 보인다. 바위 절벽의 모습이 거칠지만 바위와 부서지는 새하얀 파도의 모습이 아주 아름답고, 파란 바다 색깔과 수평선을 바라볼 수 있어 가슴이 확 트이는 풍광 좋은 곳이다. 자살하는 사람들이 많아 CCTV와 자살 방지 안내문 등을 붙여 놓기도 했지만 한번 들러볼 만한 곳이다.

해안선은 더갭에서 본다이비치Bondi Beach까지 계속해서 절벽으로 이어진다. 절벽 바로 위의 집들이 하나같이 예쁘지만, '저기 살면 무섭진 않을까?' 하는 생각도 든다.

'The Gap에 자살 방지를 위한 여러 시설을 설치해 놓았지만, 저 절벽 위에 사는 사람들은 언제라도 절벽에서 뛰어내릴 수 있을 텐데…….' 별 쓸데없는 생각을 다 한다.

본다이비치가 코앞에 있다. 그 너머로 집들이 줄을 맞춰 단아하게 있고 저 멀리에는 시드니의 중심상가지역CBD: Central Business District이 보인다. 하늘에서 봐도 삼각형 형태이다. 시드니타워 아이가 중심에 제일 높게 서

THE ROYAL BOTANIC GARDEN

있고 그 양 옆으로 가면서 점점 낮은 건물들이 위치한다. 불규칙하게 형성된 도시보다 이렇게 형성된 도시의 스카이라인이 훨씬 예쁘다.

본다이비치의 해변은 밝은 아이보리색이다. 그 앞의 바닷물은 멀리 하늘에서 봐도 바닷속까지 보이고 밝은 옥빛으로 빛이 나서 아주 아름답다. 본다이비치 하면 또 서핑이라서 서핑하는 사람들이 꽤 있다. 물 위에 떠 있는 서프보드는 그냥 공기 중에 떠 있는 것처럼 물이 맑다.

예전에 소고기와 캥거루고기를 BBQ해서 먹었던 브론테비치Bronte Beach가 정겹다. 예전 생각이 새록새록 떠오른다. 브론테비치 다음엔 거대하게 넓은 묘지Waveley Cemetery가 보인다. 시드니 사람은 다 여기에 묻힐지도 모르겠다.

그러고 나선 꾸지비치Coogee Beach와 마로브라비치Maroubra Beach까지 간 다음 공항이 있는 육지로 날아간다. 시드니 계획을 세울 때 시내에서 버스를 타고 꾸지비치까지 온 다음, 이곳부터 트레킹을 시작해 브론테비치를 지나 본다이비치까지 가려고 했었다. 6km 정도에 1시간 30분 정도 시간을 잡고, 해변과 절벽 위를 걸으며 호주의 청정 공기를 마시고, 탁 트인 경치를 만끽하고 싶었다. 계획은 그냥 계획으로 끝나고 말았고, 시간이 너무 없기도 했을 뿐만 아니라 발가락 물집 때문에 걷는 것이 너무 힘들어서 많이 아쉽지는 않다.

20분 비행이 눈 깜짝할 새에 끝이 났다. 아쉽다.

자연스럽게, 하지만 빼도 박도 못 하게 덤터기 씌우기

역시 호주 사람들의 장사 수완은 최고!

비행이 끝나고 사무실에 들어갔다. 비행 전에는 아무 생각 없었는데 헬기에 장착된 카메라로 찍은 동영상을 구매할 것인지 물어오자 고민에 빠졌다. 무려 50달러나 되니 더 고민이 됐다. 게다가 나도 동영상을 찍었는데…….

난 별생각 없이 형한테 말했다.

"이건 형이 결제하면 어떨까?"

형은 떨떠름한 표정이긴 했지만 입으로는 흔쾌히,

"그래, 내가 할게."

'아, 왜 그랬는지 모르겠다.'

결국 형은 난데없이 훅 들어온 동생의 말 한마디에 50달러를 결제하려고 카운터에 갔다. 그런데 50달러가 다가 아니었다. 이 업체는 다른 곳과 다르게 예약할 때 결제를 요구하지 않고, 투어가 끝난 후에 결제하는 시스템이었다. 난 투어를 예약할 때 당연히 투어 요금 400달러를 결제했다고 생각하고 있었는데 그렇지 않았고 이번에 결제해야 하는 것이었다.

그런데 이해할 수 없는 상황이 생겨버렸다.

처음엔 동영상 50달러만 결제하면 된다고 생각하고 형에게 덤터기를 씌우려던 것이었는데, 직원으로부터 결제해야 하는 총금액 450달러라는 것을 듣고 나서도 아무 생각 없이 형이 결제하기를 기다렸다. 450달러

중 투어비 400달러를 내가 결제하고 50달러는 형이 내라고 하기도 그렇고 상황이 좀 이상하게 꼬여버렸다. 결국 형도 결제하기 바로 전에 이 모든 상황이 명확하게 이해된 것 같았는데 이미 때는 늦어버렸다. 그 상황에 내가 결제한다고 다시 얘기하기도 그렇고 '에라 모르겠다.'라는 심정으로 그냥 정신줄을 놓아버렸다.

'형이 헬기 타고 멋진 경치에 아주 즐거운 표정이었는데 결제하면서 겁나 다운되었는걸!'

원래 내가 모든 경비를 책임지려고 했던 여행이었지만 갑자기 머리가 이상해져서 의도치 않았던 덤터기를 형에게 씌었다.

그걸 생각하면 몇 달이 지난 지금도 얼굴이 화끈거린다.

블루스카이 헬리콥터Blue Sky Helicopters

20분 비행 $175.00
헬리캠 비디오(USB에 저장) $50.00
시내에서 픽업 $150.00

숙소에서 헬기장까지 공식적인 픽업 서비스는 없으나 추가 비용을 내면 가능
blueskyhelicopters.com

OPERA HOUSE CIRCULAR

QUAY HARBOUR BRIDGE

VEGETABLE MARKET
MARKET CITY
1909

기념품 쇼핑은 Paddy's Market, Market City에서

남대문시장 같은 패디스마켓

헬기 투어가 끝나고 투어업체에서 알려주기를 앞에 있는 도로를 쭉 따라가면 공항에 가는 버스가 있다고 했다. 짧은 거리인데도 택시비가 생각보다 많이($21.00) 들기도 했고 어차피 오팔카드에 남아 있는 잔액을 써야 하는 이유도 있어 버스를 타기로 했는데 '신의 한 수'였다. 20여 분이나 걸려(느낌상 20여 분, 실제론 500여 미터) 공항주차장Blue Emu Car Park에 도착했다. 주차장 안에서 출발하는 버스에 올라탔는데 '무료'였다. 양잿물도 마시게 한다는 공짜!

일단 숙소에 들어갔다가 기념품 구매와 시장 구경도 할 겸 패디스마켓에 들렀다. 이 건물 바로 앞에 트램 역이 있어 전철과 트램으로 편리하게 이동을 할 수 있어 좋다. 트램에서 내려 앞을 보니 높진 않지만 꽤 길어 보이는 밝은색 적벽돌로 만들어진 건물이 있다.

시드니 기념품 가게라고 하면 많은 한국인 여행자들이 패디스마켓을 떠올리는데 사실 이 이름의 간판이 눈에 잘 띄지 않는다. 오히려 '마켓시티Market City'라는 빨간색 간판이 건물 외벽에 여러 개 설치되어 있어 훨씬 잘 보인다. 전엔 몰랐는데 이번에 보니 이 건물의 1층(Ground Floor)만 패디스마켓이고, 2~4층(호주식으로 1~3층)은 마켓시티로 사용된다.

패디스마켓은 처음 와보면 많이 흥미로울 것 같다. 엽서를 비롯해 호주 동물 인형과 목재로 된 장난감과 가방, 의류, 주얼리, 전자제품, 호주에서 생산한 비누와 유기농 제품, 액세서리 등 흡사 남대문시장과 같은 풍경이다. 심지어 마사지숍도 있고, 안쪽 깊숙이 들어가면 신선한 채소와 과일, 생선을 판매하는 곳도 있다.

장사하는 많은 사람이 중국인이고, 구경하는 사람들 역시 중국인이 대부분이다. 아예 중국인의, 중국인을 위한 시장 같은 느낌이다. 사람만 그런 것이 아니라 제품 역시 80% 이상은 중국산일 듯싶고, 그 대부분은 조악해 보인다. 가게의 분위기로 봐도 전혀 호주스러운 느낌이 없고 꼭 중국이나 동남아의 어느 건물 안에 들어와 있는 것 같은 느낌이다.

어제 기념품 가게에서 선물을 제대로 사지 못했기 때문에 형은 조급해하는 것처럼 보인다. 누나, 매형, 조카들을 위한 선물을 사야 하는데 마땅한 게 보이질 않는데 사기는 해야 하고, 어떻게든 이곳에서는 해결하고 싶어 했다.

일단 좀 찢어지기로 했다. 헤어지고 나서 다시 한번 상점들을 훑어봐도 마땅한 게 없다. 그러다 우연히 계단을 발견하고 위로 올라갔더니,

'아항~!, 여기는 패디스마켓이 아니구나! 근데 이곳은 분위기가 고급스러운데!'

우리 개념으로 2, 3, 4층은 마켓시티였다.

2층(Level 1)엔 옷, 간단한 음식점, 미용실, 수퍼마켓 등이,

3층(Level 2)엔 아웃렛 쇼핑, 의류, 신발, 액세서리, 카페가,

4층(Level 3)엔 식당, 게임방 등이 입점해있다.

한 기념품 가게에 들어갔더니 제품의 질

이 아래층과는 완전 딴판이다. 똑같은 에코백이라도 디자인이나 마감처리가 질적으로 달랐다. 마음 같아선 폭풍 쇼핑을 하고 싶었으나 잘 참아냈다. 수현이랑 엄마를 위한 선물을 사고, 나를 위해선 오랜 고민 끝에 머그컵을 하나 샀다. 호주가 건축이나 산업디자인은 아주 우수한 나라라고 생각하는데 머그컵은 예쁜 게 없는 이유를 모르겠다.

선물을 살 때 저렴한 호주스러운 것을 많이 사려면 패디스마켓에서 구매를 하면 좋을 것 같다. 캥거루, 코알라 등의 인형과 목재 제품, 티트리 같은 유기농 비누 등을 저렴한 가격에 살 수 있다. 조금 더 좋은 품질을 원하면 위층의 마켓시티에 올라가면 제품이 많지는 않지만 좀 더 호주다운 양질의 제품을 살 수 있다.

11시 30분부터 구경하기 시작해 1시 30분까지 두 시간이나 쇼핑했다. 사실 산 건 별로 없고 구경만 신나게 했다.

MARKET CITY
F
E

G

MUSEUM OF SYDNEY

박물관이 어디야?

시드니박물관? 호주박물관? 시드니박물관!

패디스마켓에서 집으로 돌아오며 수퍼마켓을 들러 스테이크 2팩을 샀다. 호주에 왔으니 청정호우(한국산은 한우, 호주산은 호우?)를 한 번 먹어봐야 한다고 생각해서 일부러 구매했는데 가격이 참 착하다. 한 팩의 중량이 358g인데 $12.88이다. 한국 식당에서 고기 1인분에 150g이나 180g을 주니 이 정도 양이면 딱 2인분이다. 그런데도 가격은 11,700원 정도. 오늘 마지막 만찬용이다.

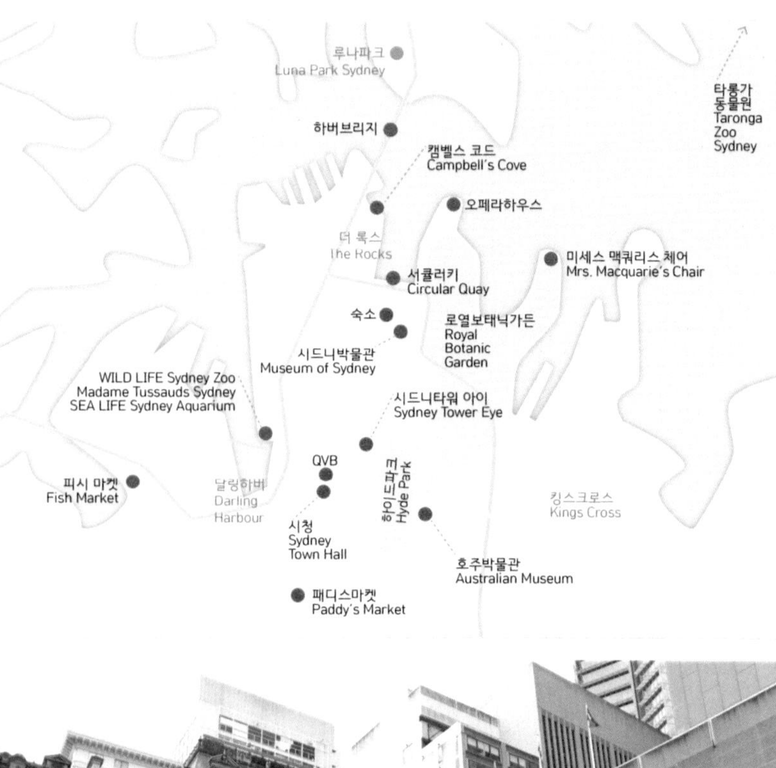
루나파크
Luna Park Sydney
타롱가 동물원
Taronga Zoo Sydney
하버브리지
캠벨스 코드
Campbell's Cove
오페라하우스
더 록스
The Rocks
미세스 맥쿼리스 체어
Mrs. Macquarie's Chair
서큘러키
Circular Quay
숙소
로열보태닉가든
Royal Botanic Garden
시드니박물관
Museum of Sydney
WILD LIFE Sydney Zoo
Madame Tussauds Sydney
SEA LIFE Sydney Aquarium
시드니타워 아이
Sydney Tower Eye
QVB
하이드파크
Hyde Park
피시 마켓
Fish Market
달링하버
Darling Harbour
킹스크로스
Kings Cross
시청
Sydney Town Hall
호주박물관
Australian Museum
패디스마켓
Paddy's Market

MUSEUM OF SYDNEY
HOW CITIES WORK

MUSEUM
OF SYDNEY
ON THE SITE OF FIRST GOVERNMENT HOUSE

시드니박물관Museum of Sydney

이 박물관이 위치한 장소는 200여 년 전 최초 총독관저 부지로, 식민지 초기 57년간 영국의 통치가 이루어진 곳이다. 1788년 건축이 시작되었고 1845년 증축되었다가 총독관저가 로얄보태닉가든으로 이전되면서 철거되었다. 1983년 고고학자들에 의해 유적이 발견되고 그 위에 건물을 세워 1995년 이 박물관을 개관했다.

집에 들어온 후, 가방이니 뭐니 모두 집에 두고 카메라만 들고 숙소를 나섰다. 시드니 도착한 날, 숙소 바로 한 블록 너머에 박물관이 있는 것을 보며 '숙소 참 잘 골랐다!'라고 흡족해했다.

외부에서 바라본 박물관Museum of Sydney은 건물이 상당히 세련되고 현대적인 느낌이었다. 건물의 색깔은 단순해서 암갈색의 벽돌이 주된 재료이고 군청색의 프레임에 유리 정도가 전부이다. 단순한 외관을 좀 더 다채롭게 하는 것은 벽면에 걸린 세 개의 박물관 안내 홍보물과 빨간색의 박물관 이름 배경색이다.

입구의 오른쪽에는 나무와 금속으로 만들어진 기둥들이 여러 개 세워져 있다. 뭔가 의미가 있을 거로 생각하며 안내판을 읽어보니, 이 작품은

이름도 갖고 있다. Edge of the trees.

1788년 유럽에서 최초로 이주한 이주민과 원주민과의 역사적 전환점을 떠올리게 하는 것으로 29개의 기둥은 사암과 목재, 철재로 만들어졌고 시드니 주변 29개 원주민 부족의 이름이 기둥에 새겨져 있다.

건물 안으로 들어가니 안쪽에 매표소가 있다. 매표소 옆 벽면에는 이주민 초창기 시대를 그린 커다란 그림과 최초 총독 관저에서 발굴된 몇몇 유물들이 있는데 사진을 찍지 못 하게 한다. 아무 생각 없이 사진을 찍다가 몰상식한 사람이 되어 버렸다.

곧바로 2층으로 올라가 200여 년 전의 모형 배를 감상하며 3층에까지 올라갔다.

3층엔 100년 전 시드니 사람들의 사진, 영국 여왕이 시드니를 방문했을 때의 사진 등을 전시해 놓았다. 어린아이들을 위한 놀이터이자 교육용 플레이그라운드도 만들어 놓았다. 그러고 보니 박물관이라고 하기엔 규모가 너무 작고 볼 것도 별로 없다.

"박물관이 원래 이렇게 작은 거야?" 형이 물었다.

"그러게. 이상하네. 이럴 리가 없을 텐데……."

다 둘러봤는데 3시 45분, 들어온 지 25분밖에 안 지났다. 뭐 본 것도 없다. 차라리 브리즈번의 퀸즐랜드박물관Queensland Museum and Science Centre 이 훨씬 더 대규모였고 볼거리도 많았다.

뭔가 이상했다. '어디서 잘 못 된 거지?'

그랬다. 이곳은 이름 그대로 시드니박물관Museum of Sydney이었다.

난 처음부터 호주박물관Australian Museum에 가려고 했었지. 그런데 숙소를 알아볼 때 지도를 보니 바로 옆에 시드니박물관이 있었고, 난 별생각 없이 이름에 박물관Museum이 들어가길래 이곳이 호주박물관이라고 몇 달 동안(여행 계획할 때부터) 생각하고 있었다.

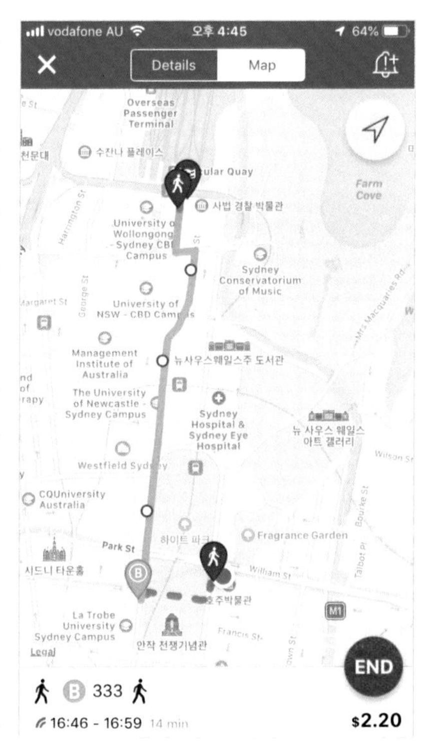

심지어, 호주박물관의 위치를 알고 있었는데도 박물관이 서로 다른 2개일 것이라고 생각을 해보려고도 않고 '박물관이 이사했나?' 하고 더 생각하지 않은 게 탈이었다. 이건 정말 말도 안 되는 실수였다.

에구구~~. 분량이 또 늘고 있다.

별로 감흥에 남지 않는 시드니 박물관에서 나와 호주박물관으로

MUSEUM

시드니박물관Museum of Sydney

입장료 $15.00

sydneylivingmuseums.com.au/museum-of-sydney

다시 이동했다.

호주박물관Australian Museum

시간이 네 시가 다 되어 감에 따라 조급함이 생겨났다. 버스를 기다리는데 주말이라서 그런지 우리가 원하는 버스가 오질 않는다. 조금이라도 더 빠르게 가기 위해 우버Uber를 불렀다.

그랬다. 내가 알고 있던 그 위치에 그 박물관 건물이 그대로 있었다. 박물관이 이사할 리가 없었다.

왜 그런 엉뚱한, 말도 안 되는 상상을 했을까?'

Whales
Tohorā
Discover the giants of the ocean
Ground Floor
New Members go free - join here!
Tickets
Whales | Tohorā (inc. GA + Capturing Nature)
General Admission (inc. Capturing Nature)
Adult
Concession
Child 5-15 years
Family 2 adults + up to 3 children
Family 1 adult + up to 3 children
Westpac Customers
$22
$16.50
$11
$54
$38.50
25% Discount
$15
$8
FREE
$30
$15
25% Discount
Members
Member Adult
Member Concession
Member Child 5-15 years
Member Family 2 adults + up to 3 children
Member Family 1 adult + up to 3 children
New Members
$11
$8.50
$5.50
$27
$19.50
FREE
FREE
FREE
FREE
FREE
FREE
FREE

WILD PLANET

매표소에 갔더니 폐관 시간이 얼마 남지 않았는데 괜찮겠냐고 물었다. 시간이 4시인데 5시에 문을 닫는 것이었다. 1시간 밖에 여유가 없지만, 지금이 아니면 아예 시간이 없어 후딱 보고 나올 요량으로 표를 두 장 끊었다.

역시 호주박물관은 시드니박물관과 비교하면 규모부터가 상대가 안 됐다.

1층(호주식으로 Ground Floor)엔 입구와 기념품 가게, 미술관이 있고 중정을 지나면 전 세계의 야생동물들을 만날 수 있다. 2층(호주식으로 1층)은 별것 없고, 3층(Level 2)엔 호주에서 발견된 각양각색의 공룡과 조류, 파충류관, 어린이를 위한 공간 등이 있다.

먼저 1층 입구 복도를 지나가면 중정 같은 공간이 나오는데 천장에 거대한 혹등고래 모형이 풍선으로 만들어져 있다. 기념품 가게는 박물관의 동물과 관련된 인형, 책, 모형, 장난감 등 다양한 물건들이 있었지만 돈을 지불하고 살 만큼 흥미로운 것은 없었다. 그냥 구경이 재미있었다.

기념품 가게 앞에는 테이블과 의자가 있어 관람하고 나서 휴식 시간을 갖는데 좋을 것 같고, 학생들에게는 뭔가 준비나 간단한 메모 등을 위한 시간 보내기용으로 좋을 것 같다. 특히 사방으로 건물이 있는데 중정 안에 따스한 빛이 들어와 분위기가 좋았다.

1층(Ground Floor) Wild Plannet에는 매머드, 코끼리, 사자, 기린,

MANDAWUY YUNUPINGU AC
1956–2013
Known as the front man of Yothu Yindi, Mandawuy Yunupingu's career began in education. While principal at Yirrkala Community School, he developed the 'Both Ways' system, which recognises traditional Aboriginal teaching alongside Western methods. Music was a central medium of communication that evolved into the formation of Yothu Yindi in 1986 – and the memorable 1991 international hit *Treaty*.
Photo by Jacqueline Mitelman, from the National Library of Australia

얼룩말 등 세계의 다양한 야생동물들을 만날 수 있는데 이것들은 박제동물이거나 뼈를 조립해 놓은 것들이다. 그뿐만 아니라 호주 원주민들의 생활상을 볼 수 있는 목각제품, 생활용품 등도 전시되어 있다.

3층(Level 2)엔 몸집이 거대한 다이너소스, 티렉스, 암모나이트 등이 있는데 규모도 거대하고 수량도 많은 데다 사실적으로 제작하여 볼 만했다.

'이런 걸 두고 코딱지만한 시드니박물관으로 들어갔다니…….'

4층은 도서관이어서 전시물은 찾아볼 수 없다.

5층(Level 4)엔 루프탑 카페가 있다. 시드니 도심 풍경을 보며 식사와 음료를 마실 수 있다. 북쪽 한 면이 모두 유리로 만들어져 있고 유리창 너머 정면엔 성마리아대성당St. Mary's Cathedral이, 그 왼쪽으로는 하이드파크Hyde Park와 시드니 시내 특히 시드니타워아이가, 오른쪽으로는 로얄보태닉가든과 바다가 보인다. 게다가 유리문을 열고 밖으로 나가 테라스의 테이블에 앉을 수도 있다.

이제 문 닫을 시간이 다 되어가다 보니 손님이 하나도 안 보이고 직원은 청소하고 있다. 아쉽다.

형과 나는 박물관에 들어가자마자 찢어졌다. 서로 원하는 것이 다를 것이기 때문에 각자 보고 싶은 걸 자유롭게 감상할 수 있도록 흩어졌다. 중간에 형을 찾아보려고 해도 박물관이 넓은 건지 층을 복잡하게 해놓은 건지 만날 수가 없었다.

4시 50분이 되니 이제 문 닫을 시간이라고 방송을 한다. 밖으로 나오

ROOFTOP
CAFE
LEVEL 4
Take a break and
discover the view

Nº1 WILLIAM

니 빗방울이 또 떨어지는데 맞을 만하다. 하이드파크를 지나 시내를 걸어 천천히 숙소까지 걸어갔다.

호주박물관Australian Museum

입장료 $15.00
웹사이트 australianmuseum.net.au

HYDE PARK

Martin Place

Your Ticket

27000023167823446

Venue
JOAN SUTHERLAND THEATRE

Door Entry
DOOR 23

Section
STALLS X 11

RESTRICTED VIEW

Date & Time
Sat 23 Mar 2019 7:30 PM

Opera Australia presents

오페라하우스
투란도트

TURANDOT

27000023167823446421

#sydneyoperahouse

Ticket Number
23784421

Order Number
36770239

Price Type
Standard

Reserve
D Res

Price
$99.00

Constituent ID
60266188

Constituent Name
Mr Seonghee

The Sydney Opera House is the only authorised ticket seller for events at the Sydney Opera House, unless we specify on our website that there are other authorised ticket sellers for a specific event.

If you purchase tickets from Ticketmaster Resale, Viagogo, Ticketbis, eBay, Gumtree, Tickets Australia or any other unauthorised seller you risk that these tickets are fake, void or have previously been cancelled.

RESALE RESTRICTION APPLIES: Tickets cannot be resold for more than 110% of the original value. Tickets resold for more than this amount are subject to cancellation in accordance with our General Terms and Conditions for Tickets and Attendance at Events.

Please separate each ticket. All attendees must present their ticket for barcode scanning upon entry.

Do not produce duplicate copies of this ticket. In cases of unauthorised replication, the right to refuse admittance to all bearers is reserved.

ARRIVE EARLY | SECURITY SCREENING IN PLACE | LEAVE BAGS AT HOME

Contact Us

General Enquiries
Tel: +61 2 9250 7111
Monday to Friday 9am–5pm AEST
infodesk@sydneyoperahouse.com

Performance Enquiries and Bookings
Tel: +61 2 9250 7777
Monday to Saturday
9am–8.30pm AEST
Sunday 10am–6pm
bookings@sydneyoperahouse.com

Tour Enquiries and Bookings
Tel: +61 2 9250 7250
Monday to Saturday
9am–5.30pm AEST
tourism@sydneyoperahouse.com

Conditions Apply

Attendance is subject to the terms and conditions notified at the time of sale. Refer to sydneyoperahouse.com/terms. Resale Restriction applies, see www.sydneyoperahouse.com/terms. Latecomers may not be admitted. Program and seating details may be subject to change. Bags may be screened and large items may need to be cloaked.

Privacy Statement

The Sydney Opera House Customer Privacy Statement is available at the Information Desk, by calling the Privacy Contact Officer on +612 9250 7111, online at: sydneyoperahouse.com/privacystatement.aspx or by email at privacy@sydneyoperahouse.com. You may be required to produce your ticket as proof of authorised entry at any time throughout your visit to Sydney Opera House.

Sydney Opera House, home to:

Our Resident Companies

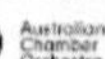

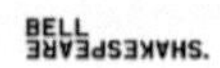

And Sydney Opera House Presents

Classical | Contemporary Music | Creative Learning | Dance | Entertainment | Talks & Ideas | Kids & Families | First Nations.

시드니 오페라하우스는 공연 보러! 투란도트Turandot

마땅한 공연은 없고, 가이드 투어나 할까?

시드니에 갔으니 오페라하우스를 구경하는 것은 당연하고 그냥 겉만 보고 올 것인가, 공연을 봐야 할 것인가를 한참 동안 고민했다. 어차피 언어를 잘 이해할 수 없으니 언어가 필요 없는 음악공연을 찾아봤지만 안타깝게도 우리가 시드니에 있는 동안은 그런 공연이 없었다.

드라마, 코미디, 카바레 등은 정말 아닌 것 같고, 오페라가 있었는데 이건 다른 것들보다 조금 더 나을 것 같았다. 말로만 하는 것이 아니라 음악과 춤을 통해 전달하는 것이니까.

하지만 여전히 알아듣지도 못 하는 공연을 볼 것인가에 대한 고민이 있어 가이드 투어도 알아봤다. 공연을 보게 되면 오페라하우스 안에 들어갈 수 있는 데다 세계 최고의 공연장에서 공연 감상을 하는 장점이 있지만 오페라하우스에 대해 속속들이 알 기회는 없다. 오히려 가이드 투어를 통해 건물 밖과 안을 걸으며 직접 눈으로 보고, 구석구석 세세한 설명을 들을 수 있다면 훨씬 더 오페라하우스를 잘 알게 되는 장점이 있다. 심지어 한국어로 진행되는 투어도 있었다.

일주일도 넘게 선택을 못 하고 있다가 형에게 말했다.

"형, 오페라하우스에 마땅한 공연이 없는데 그냥 가이드 투어나 할까?"

"그래도 오페라하우스에 갔는데 뭐라도 공연 한 편은 봐야 하는 거 아냐?"

"오페라 같은 거 봐도 이해도 안 되고 하는데 괜찮을까?"

"세종문화회관에서 외국 유명 오페라 공연해도 다 가서 보잖아. 외국어로 공연하는데……."

"흠, 그렇지. 그렇네. 그럼 투란도트Turandot도 하던데 그거 볼까?"

"그거 엄청 유명한 작품 아냐? 그거 보자!"

그렇게 가이드 투어는 자연스럽게 밀려나고 투란도트를 예약하기로 단박에 결정이 됐다. 형과 함께 하는 여행이기는 하지만 형을 위한 여행에 무게가 더 실린 여행이라서 형의 의견을 100% 수용했다.

'괜히 고민했어~~'

투란도트 예약

작품을 결정하고 오페라하우스 웹사이트를 통해 예약하려고 보니 투란도트의 공연비가 80달러부터이다.

'아니, 세계적인 공연장인 오페라하우스의 오페라 공연비가 80달러밖에 안 된다구? 이게 말이 돼?'라고 놀라워하며 예약을 하려고 보니 좌석별로 금액이 다 달랐다. 80달러는 가장 낮은 금액이고 가장 비싼 가격은 300달러가 넘었다.

더군다나 20여 일 남겨놓은 시점이라 그나마 남아있는 좌석도 거의 매진이었다. 1,500석의 좌석이 어떻게 그렇게 거의 매진에 이르는 것인지 의아하기도 했다.

어차피 앞에서 보나 뒤에서 보나 공연 감상 초보자들이라서 엄청난 감동을 하고 그럴 것 같진 않았다. 그런 데다 중간중간 한 자리씩 자리가 있는데 같이 앉아야 하므로 선택은 자연스럽게 가장 저렴한 좌석으로 갈 수밖에 없었다.

자리는 공연장 앞쪽의 Stall과 뒤편의 2층에 있는 Circle로 구분되는데 2층이라고 해서 더 저렴하지는 않다. Circle의 앞부분은 1층의 요금과 같고 뒤편으로 갈수록 저렴해지는데, 중앙과 측면의 요금이 또 다르다. 맨 뒷줄 부근에만 자리가 삼삼오오 남아 있는데 굳이 비싸게 중앙에 앉을 필요가 없다고 생각했다. 어차피 맨 뒷줄인데 중앙과 측면이 공연 감상에 차이가 나야 얼마나 차이가 있을까 싶어 가장 저렴한 99달러짜리 측면 좌석을 예약했다.

80달러짜리 좌석은 도대체 어디에 있는지 알 수가 없었다. 미끼 상품으로 올린 건 아닐 텐데 말이다.

이해할 수 없는 건, 온라인으로 예약을 했다고 온라인 수수료Web Transaction Fee를 $8.50이나 받는다. 여기만 그런 것이 아니라 호주의 다른 투어에서도 마찬가지였다. 일반적으로 온라인으로 예약을 하면 사람 손이 가지 않으니 상품 가격을 깎아줘도 좋다고 생각할 수 있는데 오히려 수수료를 책정해 받고 있으니 외국인인 우리는 이해가 잘 가지 않는다.

'미래 시대에 기계가 일하고 사람은 놀기만 하면 사람은 뭘 해 먹고 살까?'를 고민할 때 미래학자들은 말한다. '그래서 로봇세를 도입해야 한다.'라고. 호주에서 온라인 수수료를 받는 이유도 이런 이유가 아닐까 생각해보았다.

'아, 생각할수록 정말 궁금하네~~!'

드디어 공연장으로~!

투란도트 공연은 7시 30분부터이다. 우리 7시까지 도착해 Upper Level의 입구를 통해 들어갔다. 사실 입구가 어딘지 몰라 우왕좌왕하다 공연이 끝나고 나오는 사람들한테 물어물어 입구를 찾았다. 오페라하우스 앞에서 계단을 타고 위층으로 올라가 보니 사람들이 씨어터 바Theatre Bar 오른쪽 뒤에서 많이 나오고 있어 좀 이상하다 싶긴 했지만 그곳이 입구인 줄 알고 가보기도 하고, 씨어터 바의 유리창 안에 사람들이 많이 보여 그곳이 입구인 줄 알고 가보기도 했다.

메인 박스 오피스Main Box Office 앞에는 이미 많은 사람으로 여러 줄이 있었다. 젊은 사람들보다는 중장년층이 훨씬 더 많았고 머리가 하얀 할아버지, 할머니들도 많았다. 예약증에는 옷을 어떻게 입어야 한다는 드레스 코드Dress Code가 없었지만 남자들은 수트를 많이 입었고 수트는 아니더라

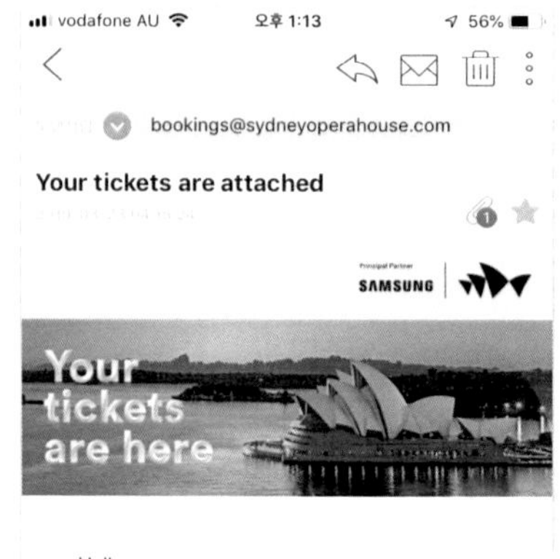

도 셔츠에 정장 바지, 구두를 신었다. 여자들 역시 대부분 원피스나 정장 차림에 구두를 신었다. 호주가 워낙 실용적인 사회라서 드레스 코드를 엄격하게 정해 놓지는 않았지만 공연 보러 오는 사람들은 스스로 옷을 갖춰 입음으로써 좀 더 근사해지고 싶은 마음도 생길 것 같고, 공연에 어울리는 격식을 갖춤으로써 공연에 대한 예의를 보여주는 것이 아닌가 싶다.

많은 할아버지, 할머니들이 공연을 보러 오는 것에 대한 의문도 생겼다. 그만큼 문화예술에 대한 국민의 수준이 높은 것이라는 생각도 들고, 연금생활자에게 공연비를 할인해주는 제도도 한몫하지 않을까 싶기도 하고, 서큘러키 앞에 정박한 대형 크루즈의 여행자들이 기항지를 최대한 경험하는 것일 수도 있겠다는 생각도 해봤다.

줄을 서서 10여 분을 기다리는 동안 박스 오피스Box Office를 둘러보다가 한 가지 궁금한 것이 생겼다. 직원들은 모두 젊거나 중년의 사람들이었는데 VIP를 담당하는 곳엔 할아버지가 일을 보고 계셨다. VIP나 초대손님만을 담당하기 때문에 일이 많지 않을 것 같기는 하지만 자세히 봐도 연세가 80은 더 들어 보였다. 연금 생활을 하면 될 텐데 왜 저 연세까지 일하고 계시는 건지 궁금했다. 또 한편으로는 세계적으로 유명한 오페라하우스에서 할아버지가 아직도 일하고 계신다는 것이 신기한 일이라는 생각도 들었다.

내 차례가 되었고 박스오피스에 가서 스마트 폰에 저장한 pdf 파일을 보여줬다. 직원은 내가 뭘 따로 해야 할 것은 없다며 그냥 들어가면 된다고 했다. 박스오피스 위에 'Pre-paid Ticket Collection'이 쓰인 것을 보고 잘 못 이해를 했나 보다. 미리 돈을 내고 예약을 했으니 저곳에서 휴대폰의 예약 확인 사항을 보여주고, 프린트된 종이 티켓을 받은 후 들어가야 할 거라고.

오페라하우스 웹사이트에서 예약했더니 둘 중 하나 선택을 하라고 했다. 티켓을 우편으로 받을래, 이메일로 받을래.

이메일로 받겠다고 했더니 티켓을 당일 보내 줄 테니 프린트를 해서 가져오라고 했다. 그럼 한 가지 고민이 생긴다. '여행 중인데 당일 출력을 어디서, 어떻게 하지?'

'이메일로 받은 예약 사항을 휴대폰으로 보여주면 안 될까?'라고 오페라하우스에 이메일로 문의를 해봤지만 여행이 끝나고 나서도 답변을 받지 못 했다.

당일 새벽 4시 15분에 이메일이 왔다. 내용을 보니 다행히도 출력해서 가져오거나 휴대폰 화면을 보여주면 된다고 했다.

'에이, 그럼 그렇지. 4차 산업혁명 시대에 휴대폰으로 할 수 있는 걸 굳이 인쇄해서 가져갈 필요까지는 없잖아.'

우리는 오페라공연장인 Joan Sutherland Theatre를 향해 계단을 올랐다. 우리 좌석은 맨 뒤에 있기 때문에 공연장 좌측의 계단을 끝까지 올라가야 했다. 엄청나게 넓은 공연장이었지만 이미 사람들은 90% 정도 차 있었고 사람들이 너무 빼곡하게 있는 모습을 보니 답답해졌다. 가격도 가격이지만 이미 이럴 줄 알고 가운데 좌석이 아니라 좌석의 끄트머리에 예약했다. 넓지만 내 공간이 좁기 때문에 폐소공포증 같은 걸 느끼는가 보다.

푸치니의 투란도트

무식하게도 투란도트는 이름만 들어봤지 내용이 뭔지 전혀 모르는 오페라였다. 심지어 공연 당일까지도 모르고 있다가 오페라하우스에 와서 공연 전에 비로소 휴대폰으로 검색을 했다. '좀 심하긴 했다.'

투란도트는 이탈리아의 작곡가 지아코모 푸치니Giacomo Puccini가 작곡했는데 완성을 하지는 못 했다. 총 3막으로 구성된 작품에서 푸치니는 마지막 3막을 작곡하다 사망했고, 3막의 나머지는 그의 제자 프랑코 알파노Franco Alfano가 완성했다.

오페라가 3막으로 구성된 것처럼 공연도 3막으로 이뤄진다. 중간에 25분간의 휴식 시간도 2차례가 있다. 그러니 7시 30분에 시작된 공연은 10시 50분이 돼서야 끝이 났다.

말도 못 알아듣고 2시간 50분 동안 한자리에 앉아 공연을 보는 것이 쉬운 일은 아닐 텐데 오페라하우스의 투란도트는 그렇지 않았다. 시간이 어떻게 지나갔는지 모를 정도로 3시간 20분이 금세 지나갔다.

오페라하우스의 다양한 공연장

Concert Hall

가장 큰 공연장으로 2,000명 이상 수용. 세계에서 가장 큰 기계식 파이프 오르간이 있는데 이건 세계에서 단 한 명만이 조율할 수 있다고. 오케스트라와 현대 음악을 위한 공연장이며 무대의 앞과 옆, 뒤 모두 좌석이 있음

Joan Sutherland Theatre

두 번째로 큰 공연장으로 발레, 오페라, 뮤지컬, 현대음악, 코미디 등의 공연이 열리며 1,500명 이상 수용. 공연장의 이름은 호주의 유명한 소프라노의 이름을 땄다고.

Drama Theatre

544명 수용 가능한 드라마 공연장

Playhouse

스토리텔링을 위한 공간이고 종종 젊은 관객들을 위한 연출, 춤, 실험적인 연극을 주최함. 원래 실내악단의 리사이틀을 위한 것이었지만 398명의 공간으로 개조됨

Studio

공연장 중에서 독특하고, 다양한 공연물의 요구에 따라 변화하는 가장 유연한 장소다. 가장 어린 관객들(두 살부터)을 위한 공연은 낮에 열리고, 세계 최고의 카바레와 서커스 공연은 저녁에 열림

Forecourt

야외 앞마당, 광장인데 따로 이름을 붙여놓고 세계에서 가장 화려한 야외 공연장 중 하나라고 함. 스팅도 공연한 적이 있다고.

Utzon Room

200석의 Utzon Room은 오페라하우스를 설계한 건축가 요른 우츤Jorn Utzon이 디자인을 완성했고, 환경과 조화를 중요시하는 그의 비전을 구현했다고 함. 서쪽 벽은 활기찬 태피스트리로, 천장은 콘크리트 빔이, 동쪽 벽은 시드니 항구를 가로질러 왕립식물원까지 보이게 바닥부터 천장까지 유리창으로 만들어졌음

출처 오페라하우스 웹사이트

웹사이트 www.sydneyoperahouse.com

공연은 웅장하고, 노래와 사운드는 깨끗했다. 공연장이 넓고 맨 끝자리이기는 했지만 바로 앞에서 보는 것 같은 착각이 들 정도로 무대와 배우들의 모습이 또렷하게 보였다. 오늘 갑자기 내용을 찾아봤지만 대충 내용을 알고 보는 것이기 때문에 무슨 소린지 몰라도 어느 정도 줄거리를 이해할 수 있었다. 호주 사람들 역시 영어와 이탈리아를 섞어서 공연하기에 이들도 공연자의 말을 100% 이해하진 못할 거란 생각이 들었다.

바로 앞 좌석의 천장에는 작은 LED 패널이 설치되어 있는데 이곳에 영어와 중국어 자막이 나온다. 무대의 공연을 보면서 재빠르게 자막을 보다 보니 공연의 내용이 훨씬 잘 이해가 된다. 오늘 공연장에는 중국인이 거의 보이지 않고 99%는 서양인이지만, 다른 때는 중국인이 공연을 많이 보는가 보다.

'중국어 자막까지 만들어주고 확실히 중국의 인해전술이 세계적으로 잘 먹히네.'

등장인물은 서양인만 있는 것이 아니라 동양인도 꽤 많았다. 주 무대가 중국이다 보니 동양인이 배우로 많이 캐스팅된 것 같은데, 이날 칼리프를 연기한 사람은 외국인이었지만 지난 2월에는 한국인 이용훈Yonghoon Lee이 맡기도 했다. 오케스트라의 디렉터 중 한 명도 이름을 보니 한국인이다. 우리나라의 저력이 전 세계적으로 대단한 것을 느낄 수 있었다.

Drinks

Sparkling & Champagne	Gls 150ml	Gls 200ml	Btl
NV Aura Sparkling Brut Cuvée, *South Eastern AUS*	$9.5		$42
NV Bandini Prosecco, *Veneto ITA*	$13		$60
NV Domaine Chandon Brut, *Yarra Valley VIC*	$12		$55
NV GH Mumm, *Epernay FRA*	$25		$120
White			
Aura Sauvignon Blanc, *South Eastern AUS*	$9.5	$12.5	$42
Church Road Chardonnay, *Hawkes Bay NZ*	$12	$16	$55
McW High Altitude 480 Pinot Grigio, *Tumbarumba NSW*	$11	$15	$50
Rosé			
Parlez Vous Rosé?, *Riverina NSW*	$10	$14	$45
Red			
Aura Cabernet Merlot, *South Eastern AUS*	$9.5	$12.5	$42
Ingram Road Pinot Noir, Yarra Valley *VIC*	$12	$16	$55
Tyrrell's Moore's Creek Shiraz, *Hunter Valley NSW*	$11	$15	$50

Beer

James Boag's Light, *TAS*	$8
James Squire One Fifty Lashes Pale Ale, *NSW*	$10
4 Pines Kolsch Golden Ale, *NSW*	$10
Heineken, *NL*	$10
Cider	
James Squire Orchard Crush Apple, *NSW*	$10
Spirits	from $10
Cocktails	
Espresso Martini	$18
Tommy's Margarita	$18
Soft Drinks, Juice & Water	
Coke, Coke No Sugar, Sprite	$5
The Juice Farm Premium Orange	$5
Pureau Still	$4
Mt Franklin Sparkling	$5

Please note a 10% surcharge applies on public holidays

공연이 시작되고 나서 얼마 지나지 않아 형이 쌍안경을 꺼내 들었다. 나는 좌석이 무대와 멀리 떨어져 있기는 하지만 잘 보이는 편이라서 굳이 쌍안경까지 필요하진 않았다. 그러다 배우들의 표정을 보고 싶은 생각이 들어서 나도 쌍안경을 꺼내고 싶었지만 이게 너무 커서 창피한 생각이 살짝 들었다.

여행 전, 오페라하우스 공연 관람이 결정되고 나서 얼마 지나지 않아 형이 전화로 이야기했다.

"공연 보려고 쌍안경 두 개 사 놨어!"

생각지도 않았는데 형이 그렇게까지 수고를 해줘서 정말 고마웠다.

그러고 나서 나중에 집에 갔을 때 내가 생각했던 오페라안경과 너무 다른, 군인이 사용해도 좋을 만한 러시아제 대형 쌍안경을 보고 깜짝 놀랐다.

내가 상상한 오페라 안경

"헉, 이게 뭐야?"

"야, 잘 보여~! 너도 하나 가져가!"

1kg 정도 되는 쌍안경 두 개를 백팩에 넣어 메고 다니느라 많이 힘들었지만 쌍안경은 덩치가 크고 무거운 값을 했다. 무대가 선명하게 코앞에서 보는 것처럼 잘 보였다.

형이 준비한 쌍안경

중간에 인터벌Interval이라고 하는 휴식 시간이 두 번 있는데 25분이나 돼서 바람을 쐬기 좋았다. 특히 공연장의 뒤쪽으로 가면 전면 유리로 만들어진 창을 통해 바깥 풍경을 볼 수가 있다. 바다 건넛마을 키리빌리Kirribilli와 좌측으로 하버브리지의 야경을 오페라하우스 안에서 감상할 수 있는 것이다. 바다에는 종종 페리와 요트, 대형 선박들이 돌아다니고 있어 이것들도 야경의 아름다움에 한몫한다.

두 번째 인터벌에서는 목마름을 참지 못 하고 와인을 한 잔 사서 마셨다. 공연장의 앞쪽이나 뒤쪽에 바가 있어 샴페인, 와인, 맥주, 사이다, 칵테일 등을 마실 수 있다. 11달러짜리 150mL 화이트 와인이었는데 양이 많지 않지만 목마름을 가시기에는 충분했다.

오페라하우스에서 공연 쉬는 시간에 시드니 야경을 보면서 와인 한 잔!

형은 아무것도 마시고 싶지 않다고 했다. '한 번만 물어봤었는데 세 번은 물어봤어야 했나?'

호주산 소고기 스테이크로 저녁 식사

10시 50분, 공연이 끝나고 어슬렁어슬렁 걸어 숙소로 돌아왔다.

그러고 보니 아직 저녁 식사를 하지 못 했다. 낮에 스테이크용 소고기를 사 놓기는 했지만 밤 11시가 넘었으니 밥을 먹기도 좀 그렇다. 저녁엔 배가 좀 고팠는데 이젠 위장도 포기했는지 밥을 안 먹어도 될 것 같다. 형도 "야, 이 밤에 무슨 밥이야. 난 안 먹을란다."라고 했지만 난 포기하지 않았다.

"호주 와서 스테이크 한 번 먹어야지! 게다가 낮에 일부러 사 놓기까지 했는데……."

숙소는 실제 현지인들이 살고 있는 아파트라서 주방용품이 모두 갖춰져 있다. 프라이팬을 인덕션에 살짝 달군 다음 접시에 담아 거실의 테이블에서 식사를 시작했다. 배가 고픈데 뭔들 안 맛있을까. 예상대로 스테이크는 맛이 좋았다. 스테이크용 소스와 소금, 바질 등을 곁들여서 싱싱한 채소와 함께 먹으니 레스토랑이 따로 없었다. 스테이크와 함께 마시는 맥주 역시 최고의 맛이었다.

그렇게 마지막 밤을 보냈다.

오페라하우스Sydney Opera House와 공연 요금

한국어 가이드 투어 30분 $30.00
투란도트 공연료 2인 $198.00(맨 뒤 가장자리)+온라인수수료 $8.50
웹사이트 www.sydneyoperahouse.com

구입은 1만 원, 맛은 10만 원!

KOLPING

여행 10일차, 3월 24일(일)

오늘은, 돌아오는 날

시드니에서 인천으로
다시 일상으로

시드니에서 인천으로

형한테 미안하지만 난 너무 웃겼어, 출국심사!

귀국 비행기는 오전 10시 20분 아시아나항공편이다. 마일리지로 항공권을 구매했는데, 갈 때는 아시아나가 브리즈번 비행편이 없어 스타얼라이언스를 통해 에바항공을 이용할 수밖에 없었고 올 때는 다행히 아시아나에 좌석이 남아 있어 직항으로 귀국을 했다. 이제 영어에 대한 자신감도 바닥이라서 그런지 국적기를 탄다니까 마음이 엄청 평온하고 가벼웠다.

2시간 전엔 공항에 가는 것을 원칙으로 하고 있지만 공항에 도착하니 9시가 다 되었다. 그래도 공항에 잘 도착한 데다 보딩 마감 시간도 많이 남아있으니 아무 문제는 없었다. 탑승 수속을 하고 출국장으로 향했다.

출국장이 다른 나라와는 다른 걸 알 수 있었다. 이제껏 많은 나라를 봐 왔지만 출국 심사를 먼저하고 보안 검색을 하는 나라는 처음이다. 어찌 됐든 출국심사를 하기 위해 줄을 섰는데 형과 갈라졌다. 셀프로 출국 심사를 하므로 먼저 하는 사람들을 눈여겨봤다. 별거 없었다. 인천공항에서 하는 것과 똑같은 과정으로 하면 되는 것이었다.

그런데 앞의 사람들이 한 번에 통과를 못 하고 자꾸 에러가 생긴다. 나는 자신 있게 한 방에 통과할 거라고 마음을 먹고 시도를 했는데 나 역시 한 번에 통과가 안 된다.

'이럴 리가 없는데……. 뭐가 문제지?'

기계에 문제가 있는 것이 분명했다. 세 번째 시도 만에 드디어 통과되었다. 그러고 나서 형 쪽으로 얼굴을 돌렸는데 줄을 잘 못 선 것인지 아직도 형 앞에 사람들이 서너 명이나 남아 있다. 난 보안 검색대로 이동을 해야 하는데 형하고 속도를 맞추려고 남아서 형이 끝날 때까지 기다렸다.

드디어 형 차례가 되어 기계 앞에 왔는데 기계가 통과를 시켜주지 않는지 여권을 여러 차례나 기계에 넣었다 뺐다를 반복한다. 두 번까지는 여유 있는 표정으로 했는데 세 번, 네 번, 다섯 번으로 넘어가자 당황한 기색이 역력하다.

난 속으로,

'아무리 저래도 출국이야 못 하겠어? 시간 되면 다 통과할 수 있어.'라고 생각하며 대수롭지 않게 생각하고 속으로 혼자 낄낄거렸다.

여러 대의 자동출국심사대 앞쪽에는 직원 한 명이 여러 대의 화면을 보며 모니터링하고 있다. 이 직원은 바닥에서 높이가 30cm 정도 높은 바닥 위에서 화면과 자동출국심사대를 번갈아 들여다보며 자기 일을 한다. 그러다 형이 눈에 띄었나 보다. 좀 떨어져 있는 직원을 불러 뭐라 뭐라 하니까 그 직원이 형에게 다가갔다.

형은 그 직원을 따라가면 그대로 통과하는 것으로 알았을 텐데 그렇지 않았다. 모니터링하고 있던 직원에게 데려갔는데 그 직원이 형에게 뭐라 뭐라 말을 했고 형도 뭐라 뭐라 그러는데 거리가 좀 떨어져 있어 들리진 않는다.

뒤에서 보니, 모니터링하던 직원의 모니터에는 형이 자동출국심사대에 여권을 집어넣을 때마다 형의 여권이 뜨고 바로 옆에는 현재 사진이 뜬다. 자동출국심사대가 여권만 인식하는 것이 아니라 카메라도 설치되어 있어 사진을 찍기 때문이다. 그래서 가끔은 안경을 벗으라는 안내 글이 있기도 하다.

서로 뭐라 뭐라 그러는데 난 속으로 이렇게 생각을 했다.

직원 1: "이 여권, 정말 당신 것이 맞나요?"

형: "뭐 뭐, 뭐라구요? 다시 한번 말씀해 주실래요?"

직원 1: "이 여권, 정말 당신 것이 맞냐구요?"

형: "네, 그럼요. 제 것이 맞는데요."

직원 1: "여권 사진의 얼굴이 당신과 다른데, 정말 당신 맞아요?"

형: "오래전 사진이라 당신이 잘 모르나 본데 제 얼굴이 맞아요."

직원 1: "아닌 거 같은데……. 이게 어떻게 같은 사람이라는 겁니까?"

형: "나이 먹어 얼굴이 변한 걸 내가 어쩌란 겁니까?"

이것저것 묻던 직원은 형을 데려다준 옆에 있는 직원에게 다시,

직원 1: "어이! 이 사람 맞는지 당신이 한 번 봐 줄텨?"

직원 2: "아~~, 좀 아리까리하기는 한데 맞는 거 같지 않어?"

직원 1: "그럼, 그냥 들여보내 줄까?"

직원 2: "그려, 그냥 보내줘도 될 거 같어~. 생긴 건 좀 달라 보이지만 테러 같은 거 할 사람으로는 보이지 않는구먼~!"

직원 1: "들어가세요."

형: "고맙습니다."

표정이 별로 고마워 보이지는 않는다.

모니터 속의 사진은 내가 봐도 같은 사람인지 한 번 더 보게 되는 얼굴이다. 만든 지 8년이 지난 여권 속의 사진은 머리도 단정하고 검은 데다 딱 봐도, 자세히 봐도 대학교수나 경찰 같은 이미지인데 지금은 머리색이 완전히 하얗게 변하고 머리도 짧아 도토리 같다. 하하하!

중국인들이 한국에 와서 성형수술을 받은 후 귀국할 때 여권 사진과 너무 다른 실물 때문에 종종 문제가 생긴다고도 하던데, 성형수술은 안 했지만 사진과 실물이 너무 달라 생긴 에피소드였다.

또 한번의 위기, 보안 검색

이제 보안 검색을 할 차례이다. 형이 무사히 출국심사 받은 걸 보고 난 곧바로 보안 검색대로 향했다.

탑승 수속을 할 때 형과 나는 기내용 가방을 모두 수화물로 보내고 가방 하나씩만 메고 출국장으로 들어왔다. 어렵게 출국심사를 했으니 보안 검색은 순풍순풍 이뤄질 것을 기대했고 난 전혀 문제없이 보안 검색이 끝났다. 형을 기다리고 있는데 이번에도 형이 서 있는 줄이 너무 느리게 처리된다. 드디어 형 차례가 왔고 검색대를 지나왔다.

그런데 또다시 문제가 생긴 것이 분명하다. 형은 분명 검색대를 지나왔는데 가방이 컨베이어벨트의 검색대를 통과하지 못 하고 있다.

'왜 안 나오지?' 나도 의문이 생겼다.

직원이 형에게 다가갔고 검색대를 다시 들어갔다 나오라고 했다. 형은 그대로 따랐고 형에게는 문제가 없었다. 가방은 여전히 나오지 않고 또 다른 직원은 모니터를 뚫어져라 보고 있었다.

한참의 시간이 흐른 다음 가방이 드디어 나왔다. 형은 안도의 숨을 쉬는 것처럼 보였고 나도 이제 안심이 되었다. 그러나 그것도 잠시뿐! 또 다른 직원이 가방에 다가가 손으로 집어 들더니 형에게 뭐라 뭐라 하면서 컨베이어벨트 옆 테이블에 가방을 가져다 놓았다.

또다시 형과 직원의 대화가 시작되었고, 뭐가 됐든 형이 출국하는데 문제가 없을 것으로 생각하기에 속으로 낄낄대면서 둘이 뭐라고 이야기를 할까 상상해봤다.

형: "도대체 뭐가 문제인가요?"

직원: "안에 뭐가 들었는지 봐야 하니까 가방을 열어 보시지요."

형: "뭐, 별거 없어요."

직원: "이건 뭔가요?"

형: "그건 며칠 전, 여기 시드니에서 산 장난감이죠."

직원: "이 플라스틱 안에 액체가 들어 있는 거 맞죠?"

형은 직원이 무슨 말을 하는지 이해를 못 한 채 속으로,

형: '뭔 소린지 이해할 수가 없네! 도대체 뭐라는 거야?'

라고 생각하고는 다시 말을 건넨다.

형: "이거 여기 시드니에서 산 장난감이라구요."

직원: "비행기에 액체를 갖고 탈 수 없다는 걸 알고 계시죠?"

형은 여전히 무슨 소린지 이해를 못 해 속으로,

형: '아~ 정말! 뭔 소린지 이해할 수가 없네! 도대체 뭐라는 거야?'

하고는,

형: "이거 여기선 산 장난감이라니까요."

직원: '이 양반 이거, 영어를 잘 못 하는구만. 음……. 어쩌지 이거 별것도 아닌데. 그냥 보내줄까?'

직원: '그래도 규정대로 해야 맞겠지?'

하고 생각한 후,

직원: "비행기에 액체를 갖고 타면 안 된다구요."

형: "무슨 얘긴지 모르겠어요. 이거 시드니에서 샀다니까요!!!"

직원: "자, 액체는 비행기에 갖고 탈 수 없으니 압수합니다. 이제 가방 싸세요."

형: "……."

형의 얼굴은 완전 똥 밟은 표정이다. 형은 타롱가동물원에서 극찬을 하며 산 선물용 펭귄을 두 개나 빼앗겼는데 왜 그랬는지 이유도 모른 채 황당한 얼굴로 가방을 쌌다.

형이 기념품을 빼앗기긴 했지만 출국을 못 한다거나 잡히는 등의 큰일은 아니었으니까 나는 됐다고 대수롭지 않게 생각했다. 하지만 형은 기념품을 빼앗기는 바람에 선물하려던 계획에 차질이 생겼고 왜 빼앗겼는지 이유도 모르던 터라 엄청 기분이 상한 얼굴이었다.

형에게 미안한 마음이 들었다. 아침에 다시 한번 액체류에 대한 이야기를 해야 했는데 늦게 일어나 급하게 짐을 싸다 보니 마음의 여유가 없었다. 형이 시드니공항에서 두 번씩이나 기분 상하는 일을 겪게 돼서 호주에 대한 이미지나 여행 전체에 대한 추억이 나빠지면 안 되는데 어떨지 모르겠다.

마지막 날에 에피소드의 정점을 찍었다. 형은 괴로웠겠지만 나는 속으로 엄청나게 낄낄거리면서 '분량이 또 늘었어!'를 연발했다.

공항에 늦게 도착한 데다 여러 에피소드가 있어 탑승장에 들어가니 딱히 살 건 없었지만 쇼핑할 시간도 없었다. 허겁지겁 비행기에 탑승하고 얼마 지나지 않아 비행기가 곧바로 이륙했다.

원래 예정 시간은 오전 10:20 출발, 오후 7시 도착인데 10:45 이륙해서 6:40 인천공항에 착륙했다. 딱 10시간 걸렸다.

형은 8년 전에 여권을 만들고 이번에 처음 사용했는데 10년짜리 40페이지에 아무런 스탬프도 찍히지 않았다. 우리나라도 호주도 스탬프를 찍어주지 않았다. 비행기를 네 번이나 타고 호주 여행을 했지만 결국 여권에는 어떤 스탬프도 찍히지 않아 스탬프 구경도 못 해보고 여행이 끝이 났다.

마일리지로 구입하는 보너스 항공권

이번 호주 여행은 마일리지로 항공권을 구매했다. 마일리지는 1인당 왕복 75,000마일씩 공제가 되었고 여기에 추가로 1인당 25만 원 정도의 유류세와 세금을 냈다.

한국-호주 왕복 마일리지는 아시아나일 경우 70,000마일 공제가 맞는데 대한항공, 아시아나가 워낙 보너스 항공권에 자리 배정을 많이 안하므로 실제로 예약하기가 어렵다. 다행히 우린 시드니-인천 구간에서 쉽게 예약(35,000마일)을 할 수 있었지만 인천-브리즈번은 아시아나가 취항하지 않기 때문에 스타얼라이언스의 에바항공을 통해 예약했고, 그럴 경우 편도 5,000마일씩 더 공제(40,000마일)된다.

마일리지 적립은 비행기를 타거나 신용카드를 사용해서 모을 수 있다. 자주 비행기를 타지 않는다면 마일리지를 적립해주는 신용카드를 사용하면 된다. 대한항공보다 아시아나항공의 적립률이 10~30% 더 좋기 때문에 난 아시아나만 이용한다. 아시아나의 취항지가 대한항공보다 적지만 스타얼라이언스를 이용하면 되기 때문에 전혀 문제가 되지 않는다.

신용카드 적립은, 1,500원당 1마일 또는 1.5마일을 적립해주는데 2.5마일을 적립해주는 카드도 있다. 만일 1.5마일 적립해주는 카드로 1,500만 원을 1년간 쓴다면 15,000마일이 적립된다. 국내선 왕복이 10,000마일이니 제주도 한 번

갔다 올 수 있는 마일리지이다. 동북아는 30,000마일이기 때문에 2년간 모으면 중국이나 일본을 갔다 올 수 있는 마일리지가 적립된다.
동남아는 40,000마일, 미국/캐나다, 호주/뉴질랜드, 유럽은 70,000마일 공제, 그리고 1년간 세계여행 할 수 있는 마일리지는 140,000마일.

2019년 11월에는 대한항공 마일리지 적립 제도가 변경되어 적게 적립되고 많이 공제된다. 조만간 아시아아항공도 그렇게 따라가지 않을까 생각되는데 만일 이런 형태로 간다면 마일리지를 포기해야 하는 상황이 될지도 모르겠다. 그런 결정은 또 그때 가서 하면 되니 일단은 하던 대로…….

최근엔 대한항공이 아시아나항공과 통합에 들어가 조만간 세계적인 거대 항공사가 출범할 예정이다. 현재 대한항공보다 아시아나항공의 마일리지 적립률이 높다는 이유로 두 항공사가 통합되면 대한항공:아시아나항공의 마일리지가 1.5:1 정도의 비율로 인정받게 될 가능성도 있다.
평가 절하되는 아시아나항공의 마일리지가 너무 아깝다.

Epilogue

아쉬움,
그리고 여행일정과 경비

다시 일상으로

여행을 마치고 나면 항상 아쉬움이 남는다.
여행의 메인 주제가 'INSPIRATION'이었는데, 여행 중 이것에 대해 생각을 거의 해 본 적이 없었던 것 같다. 하지만 '영감'이라고 하는 것이 '영감을 받고 싶다고 해서 되는 것'이 아니기 때문에 별다른 노력을 하지 않았다. 그저 Let it be…….

부주제였던 '즐기기' 역시 충분히 즐기기에는 시간이 너무 짧았다.
새벽에 일찍 일어나 로얄보태닉가든과 오페라하우스, 하버브리지를 산책하고 조깅하려던 계획, 꾸지비치에서 본다이비치까지 태즈먼 바다를 오른쪽에 두고 절벽 위의 산책로를 걷고 뛰려던 것 등 하지 못 했던 것들이 너무 많았다.

계획을 세웠다가 시간이 부족해 여행 전에 포기한 계획도 있고, 여행 중에 시간이 없어서 하지 못 했던 것들도 있었는데 한 번 나열이나 해보자!

브리즈번

세그웨이 투어 놓친 거, 모튼섬Moreton Island에 못 간 거, 전동 킥보드 라임Lime을 못 탄 거, 시청 시계탑에 못 올라간 거, 시내의 시립 도서관에 못 간 거, 차이나타운의 벼룩시장을 경험하지 못 한 거, 마운트 쿠사Mount Coot-tha에 못 간 거, 바Bar에 못 간 거, 강가에서 산책이나 조깅을 못 한 거

골드코스트

세일링 놓친 거, 해변에서 수영을 하지 못 한 거, 골드코스트 안쪽의 네랑강Nerang River을 따라 산책하지 못 한 거, 네랑강에서 스탠드업패들SUP을 타지 못 한 거, 탬보린산Tamborine Mountain에 못 간 거, 4개의 놀이시설(Sea World, Movie World, Dream World, Wet'n'Wild)에 못 간 거, 서핑을 못 배운 거, 새벽 해변 산책이나 조깅을 못 한 것

시드니

본다이비치에 못 간 거, 코카투섬Cockatoo Island에 못 간 거, 루프탑 바Rooftop Bar에 못 간 거, 하버브리지 위를 직접 걸어보지 못 한 거, 록스The Rocks엔 왜 못 갔을까? 달링하버도 제대로 못 가보고, 맨리Manly에선 자전거 빌려 타기로 했었는데, 시내를 제대로 걸어보지 못 한 것들이 아쉽다.

호주 첫날, 브리즈번에 도착하고 숙소에 들어가기 전 펍에서 맥주 마실 때 형의 사진을 찍었다. 이때 사진에선 형의 얼굴에 살이 통통하고 윤기도 있었는데 돌아올 무렵 시드니에서 찍은 사진을 보면 하나같이 모두 얼굴에 살이 빠져 보였다. 아마도 환갑을 낼모레 둔 형을 갓 50 된 내가 고생을 많이 시켜서 그런가 하는 생각이 들었다.

아쉬운 것만 있었던 것은 아니다.

형이 처음으로 해외에 나갈 수 있도록 한 것이나 영어 공부에 대한 동기부여를 한 것도 잘한 일이다. 여행 오기 전 형은 3~4년 이내에 혼자 해외여행을 하겠다고 결심을 했다고 하는데 여행을 하면서 생각이 바뀌었다고 했다. 영어 공부를 더 열심히 해서 내년엔 꼭 혼자 여행을 하겠다고 했다. 물론 여행이 끝나고 옆에서 지켜보니까 영어 공부는 전혀 하고 있지 않은 것으로 보인다. 하하하!

형과 함께 좋은 추억을 만들 수 있었던 것도 아주 좋았다. 형제가 둘이 여행하는 일이 젊어서 싱글일 때를 제외하면 거의 불가능한 일이기도 하다. 주변의 가족 때문에 그렇기도 하고, 경제활동 때문에 그렇기도 할 뿐만 아니라 나이를 먹으면 법적으로나 형제이지 사고방식이나 습관, 말투 등 비슷한 점이 별로 없어서 때문에 굳이 형제끼리만 여행할 이유가 없을 테니까 말이다.

하여간 여행은 너무 좋았다.

역시 우리 형제는 남들과는 좀 달라~~!

당초 일정 vs 실제 일정

날 짜	당초 일정	실제 일정
15일(금)	1945-2140(인천-타이페이), 2320-1020(+1)(타이페이-브리즈번)	2115-2227(인천-타이페이), 2320-0953(+1)(타이페이-브리즈번)
16일(토)	브리즈번 도착 차이나타운 벼룩시장(2~4pm, 자전거로 이동), XXXX 투어(5~6:30pm), 퀸 스트릿 몰(저녁 식사, Coles 장보기), John & Helen 찾기	브리즈번 도착 차이나타운(도보), 뉴팜공원의 파워하우스박물관, XXXX 투어(5~6:30pm), 퀸 스트릿 몰(저녁 식사, Coles 장보기)
17일(일)	산책/조깅, Botanic Gardens-South Bank-Flea Market-Museum(9:30~2pm), 세그웨이 투어(2:15~3:30pm), 시청/시계탑, 뉴팜 파워하우스(자전거), 스카이라인&석양 감상	Eagle St Pier, Botanic Gardens-South Bank-Flea Market, 현대미술관GOMA, 퀸즐랜드미술관QAG, 퀸즐랜드박물관
18일(월)	새벽 산책/조깅, 카약(9~1030am), 론파인 코알라 보호구(1~5pm, 버스 430번 이용, 2 Zone), 무료 보트/버스 타기	카약, 무료 보트/버스 타기, 론파인 코알라보호구
19일(화)	브리즈번-골드코스트 이동(9~10:00am), 시내 구경(10am~12pm), 자전거 렌탈(1~2pm), SUP(3~4pm), 세일링(1~4pm)	브리즈번-골드코스트 시내 구경
20일(수)	열기구(4~9am), 렌터카(Byron Bay, Mt. Tamborine), Q1 전망대(5:30~7pm), Beachfront Market	열기구, 렌터카, 스카이포인트, Beachfront Market
21일(목)	골드코스트-시드니(Tigerair, 0850-1120), 점심(1~2pm), 오페라하우스, 크루즈(TallShip 3:45~5:15pm), Milson's Point 석양, Blu bar(샹그릴라호텔; 8pm)	골드코스트-시드니(Tigerair) 0950-1200 로얄보태닉가든, 미세스 매쿼리스 포인트, 오페라하우스, 크루즈(TallShip), 시드니타워아이, 오페라하우스에서 저녁 식사
22일(금)	새벽 조깅(7~8am), 헬리콥터 투어(9~11am), 하버브리지 걷기, Fish market(점심), 아쿠아리움/마담투쏘(1~3pm), 하이드 파크, Botanic Garden, 시드니타워(7pm), O Bar	타롱가동물원, Fish market(점심), 아쿠아리움, 마담투쏘, 코리아타운 식당에서 저녁
23일(토)	산책(Coogee~Bondi; 6~11am), Cockatoo섬(11~2pm), 시내(시청, QVB, 성당, 박물관, 미술관), 오페라 하우스(투란도트 7:30~10pm)	헬리콥터 투어, 패디스마켓/마켓시티, 시드니박물관, 호주박물관, 오페라 하우스(투란도트)
24일(일)	시드니-인천(1020am-7pm), 7:46 Train	시드니-인천(1020am-7pm)

▮ 여행 소요 경비

(기념품 제외하고, 둘이 사용한 모든 경비. 단 항공료는 보너스항공권이었기 때문에 유류할증료와 세금만 비용에 포함)

구 분	소요경비(원)
숙박료	864,034
투 어	1,673,441
항 공	602,919
기 타	1,501,168
합계 금액	**4,641,562**

OF THE SEAS
RoyalCaribbea
INTERNATIONA

SYDNEY

DARLING
HARBOUR